目次

はじめに 7

第1章　ホグワーツ 15

学校関連の文書 16
ホグワーツ入学許可通知・ロックハートのテスト・ハーマイオニーの時間割・
ルーナの捜し物ポスター・バレンタインデーカード・OWL試験詰め込み準備参考書・
ダンブルドア軍団が署名した羊皮紙・クリスマス・ダンスパーティーのプログラム

教授の道具 24
傘・ステッキ・トランク・スネイプとスラグホーンの魔法薬瓶・ダンブルドアの憂いの篩（ふるい）と
記憶の戸棚・ルーピンの蓄音機とレコード・スラグホーンの砂時計・ダンブルドアの遺書

生徒の道具 37
逆転時計・忍びの地図・トム・リドルの宝物・姿をくらますキャビネット棚

クィディッチ 44
クアッフルとブラッジャー・金のスニッチ

大広間 48
寮の得点を示す砂時計・ホグワーツの戦闘騎士・屋敷しもべ妖精とトロールのよろい・ホグワーツ城の絵画

第2章　賢者の石 61

賢者の石探し 62
羽の生えた鍵・チェスの駒・賢者の石・みぞの鏡

第3章　三大魔法学校対抗試合 71
炎のゴブレット・三大魔法学校対抗試合優勝杯・トロフィー・自動速記羽根ペン・金の卵・人体の型取り

第4章　箒（ほうき） 81

第5章　食べ物と飲み物 91
大広間のごちそう・大広間の朝食・飲食店・隠れ穴の食べ物・マグル界の食べ物・
ホグワーツ特急車内販売のお菓子・ハニーデュークス・三大魔法学校対抗試合の歓迎会・
クリスマス・ダンスパーティーのごちそう・ウィーズリー家の結婚式

第6章　出版物　115

新聞・雑誌　116
日刊予言者新聞・ザ・クィブラー

書籍　128
教科書・ギルデロイ・ロックハートの著書『私はマジックだ』ほか・怪物的な怪物の本・闇の魔術に対する防衛術初心者の基礎・上級魔法薬・アルバス・ダンブルドアの真っ白な人生と真っ赤な嘘・吟遊詩人ビードルの物語

魔法省の出版物　144
魔法省の各種書類・教育令・魔法省身分証明書・マグル生まれ登録委員会・「穢れた血」宣伝パンフレット・指名手配ポスター

第7章　ウィーズリー・ウィザード・ウィーズ　153

第8章　魔法使いの発明品　167

灯消しライター・吼えメール・隠れ穴の時計・自動編み針・スライド映写機・かくれん防止器・水中展望鏡・万眼鏡・魔法省内の機器・詮索センサー・魔法ラジオ

第9章　分霊箱と秘宝　183

ヴォルデモート卿の分霊箱　184
トム・リドルの日記・マールヴォロ・ゴーントの指輪・サラザール・スリザリンのロケット・クリスタルの杯・ヘルガ・ハッフルパフのカップ・ロウェナ・レイブンクローの髪飾り・ナギニ・グリフィンドールの剣

死の秘宝　198
ニワトコの杖・透明マント・蘇りの石

結び　207

はじめに

ハリー・ポッター映画に広がる魔法の世界に登場した本や時計、トランク、鏡などの小道具は、身の回りの道具やセット装飾としてだけでなく、さまざまな目的に使われています。「主人公小道具」と呼ばれる、主人公が使う特別な小道具も多くあり、その主人公と物語にとって重要な役割を果たします。これらの小道具は、ホグワーツ魔法魔術学校を歩き回っているネズミ（実際の動物という意味でも、裏切り者という意味でも）を映し出した無数に重なる地図から、時間を逆転することができ、それによって2つの命を救った小さなアクセサリーにまで及びます。若くてまだ経験の浅い魔法使いたちが集結し、自分たちの生き方を脅かす闇の力と戦うことを誓って署名した1枚の紙切れ。記憶を明かし、痛ましい過ちがあったこと、そしてその過ちを正すことができるということを教えてくれた水盆——J.K. ローリングがハリー・ポッター書籍シリーズで生み出した数々の道具は、登場人物の性格をうかがい知る手掛かりとなり、ローリングが築いた世界を豊かに広げ、物語の展開に不可欠な役割を果たしました。

[左] 本や絵画、戸棚、占星術の機器が所狭しと詰め込まれているアルバス・ダンブルドア教授の校長室。[上] 9と3/4番線の標識の設計図。[下]『ハリー・ポッターと謎のプリンス』より、グリフィンドール寮のハリー・ポッターのベッド脇のテーブル。ハリーの杖と眼鏡、忍びの地図、『上級魔法薬』の本など、物語の中で象徴的な役割を果たす物が置いてある。

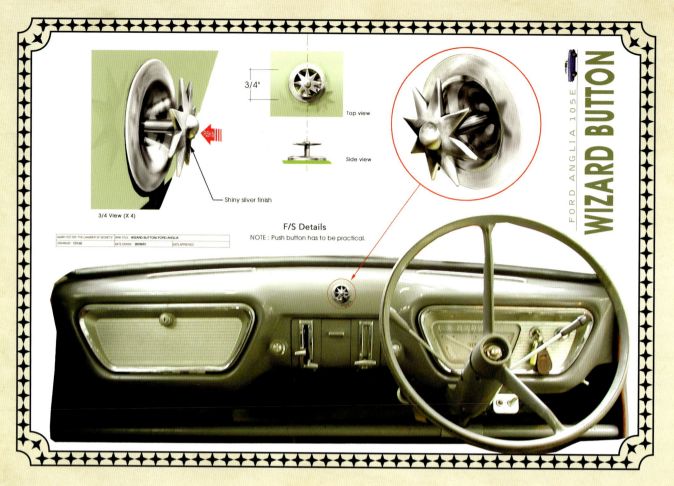

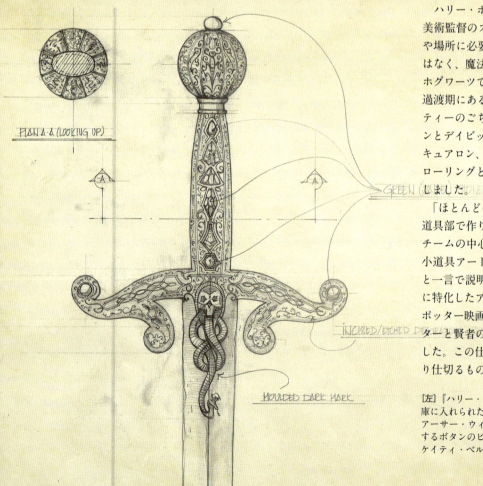

ハリー・ポッター映画の小道具制作は、すべての制作部門を監督する美術監督のスチュアート・クレイグの総指揮で始動しました。登場人物や場所に必要な最低限の小道具は脚本に書いてありますが、それだけではなく、魔法界全体を物で埋めなければなりません。千年の歴史を持つホグワーツで生徒や教授が使う日用品や、その家族が家庭で使う日用品、過渡期にある魔法省で作成される書類、店頭にずらりと並ぶ商品、パーティーのごちそうも必要です。クレイグは、製作のデイビッド・ヘイマンとデイビッド・バロンや、監督のクリス・コロンバス、アルフォンソ・キュアロン、マイク・ニューウェル、デイビッド・イェーツ、原作者のJ.K.ローリングと絶えず相談し、説得力のあるリアルな世界を銀幕に映し出しました。

「ほとんどの小道具はこの世界独特の物なので、模型制作担当者と小道具部で作り出した」と製作のデイビッド・ヘイマンは言います。美術チームの中心的存在のひとり、ハッティ・ストーリーは、「私の仕事は小道具アートディレクターだが、他人には『杖と箒（ほうき）』担当だと一言で説明することが多かった」と語ります。映画製作で小道具担当に特化したアートディレクターがいることは珍しいことですが、ハリー・ポッター映画では小道具を一から作ることが必要なので、『ハリー・ポッターと賢者の石』でその職が設けられ、シリーズ終了までそれが続きました。この仕事は魔法界のあらゆる物のデザイン、スケッチ、制作を取り仕切るもので、ハッティ・ストーリーの前任はルシンダ・トムソンと

[左]『ハリー・ポッターと死の秘宝2』でグリンゴッツ銀行にあるレストレンジ家金庫に入れられた偽物のグリフィンドールの剣の設計図。ジュリア・デホフ制作。[上] アーサー・ウィーズリーの空飛ぶフォード・アングリアの透明ブースターをオンにするボタンのビジュアル開発アート。[右頁]『ハリー・ポッターと謎のプリンス』でケイティ・ベルが呪いをかけられたネックレス。ミラフォラ・ミナによるデザイン。

アレックス・ウォーカーです。ストーリーは、「造形、大道具制作、塗装のスタッフ、その他リーブスデン・スタジオの優秀な職人まで、ピエール・ボハナ率いる有能な小道具制作チームが素晴らしい仕事をしてくれた」と語ります。デザインするにあたって、まずスチュアート・クレイグと打ち合わせをし、次に、本をくまなく読んで小道具の描写を拾い出すだけでなく、調査結果や資料も参考にして、ストーリー率いる製図チームが製図しました。コンセプトアーティストがデザインした小道具もあり、ウィーズリー・ウィザード・ウィーズの棚に並ぶいたずらグッズやおもちゃ、お菓子は、ほとんどコンセプトアーティストのアダム・ブロックバンクがデザインしたものです。書籍シリーズがまだ完結していないうちに映画を製作していたので、物語の後の方になって「この映画の主人公小道具が実は違っていた」ということがよくあり、グラフィックアーティストと小道具デザイナーが急いでデザインを見直さなければならないこともありました。承認されたデザインは、ボハナ率いる小道具制作チームに送られ、大道具制作、石膏制作、金属加工のスタッフや、衣装部の縫製担当者、美術部の塗装担当者が制作に取りかかります。小道具主任のバリー・ウィルキンソンは、完成した小道具が正しい場所に置かれ、撮影中もそれ以外のときも十分注意して取り扱われるように監督しました。

グラフィックス部を率い、『ハリー・ポッターと秘密の部屋』でロン・ウィーズリーに届いた吼えメールや、ヴォルデモート卿のほぼすべての分霊箱（ホークラックス）など、多数の小道具をデザイン・制作したのは、アーティストのミラフォラ・ミナとエドアルド・リマです。2人は重要な物も多数制作しましたが、背景の物だからといって画面で目立つ物より手を掛けなかったり気を抜いたりしてはいけないと考えていました。「一瞬しか映らない物もあるが、それによって観客はその世界に入り込むことができる。俳優も、いろいろな小道具と関わることで役柄を作り上げることができる」とミナ。2人は、ボーイスカウトの会員カードや、1930〜40年代の小説、冷戦時代のソビエトの

［左頁］美術部とセット装飾部は、ベッド脇のナイトテーブルを各生徒に合わせて装飾した。『ハリー・ポッターと謎のプリンス』で、グリフィンドール寮のディーン・トーマスはサッカーチームのウェストハム・ユナイテッドを応援していることが分かる。［頁上（左から）］グラフィックス部は、ウィーズリー・ウィザード・ウィーズのトランプや、ハリーが持っていたホグワーツ特急の切符、ハニーデュークスのお菓子のパッケージなど、さまざまな小道具を制作した。［上］『謎のプリンス』でダンブルドアの校長室の上階用に制作された複雑な作りの占星術椅子。

はじめに　11

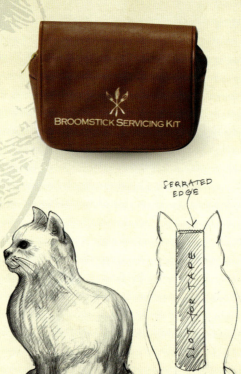
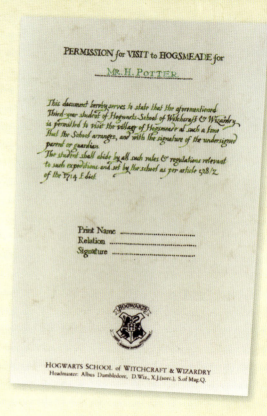

　宣伝文書まで、数え切れないほどの資料を調査しました。「ハリー・ポッター映画を制作していてよかったことは、ビクトリア時代の活版印刷から現代的なデザインまで、本当にいろいろなスタイルを試せたことだ」とリマは語っています。

　その一方で2人は、「まだ見たことのない魔法界で作業をしている」ということも常に意識していました。ミナは、「基本的に、全く新しい世界を作り出すのではなく、見慣れた現実を素材にして、角度を少し変えてデザインした。そうすることで、説得力のある世界が作れたのではないかと思う」と語っています。主人公小道具の制作では、「登場人物の気持ちになってみる」というユニークなデザイン方法も使ったとミナは言います。「4人の10代の魔法使いは、地図にどんな機能を持たせたいと思うだろう」、「魔法学校の競技会で授与される古びた優勝杯とはどんなものだろう」などと想像してみるのだそうです。「映画シリーズで依頼されたどのデザインでも、その人物や場所や歴史の中に入り込んで、そのグラフィックひとつでその瞬間のストーリーを語れるようにデザインした」とミナ。リマは、「小道具でストーリーを語るんだ」と結びました。

　ハリー・ポッター映画に出演して主人公小道具に感心した俳優は多数いますが、ルーピン教授を演じたデイビッド・シューリスもそのひとりです。「『ハリー・ポッターとアズカバンの囚人』の最後、ハリーに別れを告げる場面で、私は忍びの地図をたたみ、私物をしまうが、これは特殊効果ではなく、実際に撮影している」（シューリス）。忍びの地図は何本もの見えない糸を使ってたたむようになっていて、撮影はほんの数回で完了しました。「このアイディアは天才的で、映画のデザイナーたちの独創性をよく表していると思う。コンピューターの効果に頼らず、ただの糸を引くだけで、見えないように地図を8回折る方法を考え出したんだ」（シューリス）

　ハリー・ポッター映画に必要な小道具は驚異的な数に上りました。全8作それぞれに小道具が必要だっただけでなく、場所によっては物でぎっしりと埋めなくてはならなかったためです。ダイアゴン横丁の店のウインドーだけで2万点が並び、さらにホグズミードにもほぼ同じ数の物が並びました。ウィーズリー・ウィザード・ウィーズには4万点の商品がそろい、教室、研究室、図書室には1万2千冊の手作りの本が収められました。ハリー・ポッターの世界のモノたちは、数や大きさにかかわらず、興味深く楽しい存在です。観客は、この世のものとは思えない神秘的なみぞの鏡にうっとりし、等身大のチェス盤で爆発する駒と一緒にチェスをしたくてたまらなくなり、会話の質によって砂の落ちる速度が変わる砂時計が、分霊箱の話をしているときにはものすごく遅くなるだろうと分かるのです。

　本書では、図面、スケッチ、ビジュアル開発アート、裏情報、映画場面を集大成し、ハリー・ポッター映画の大広間から部屋の片隅まで物で埋め尽くした素晴らしいアーティストたちのコメントもご紹介します。

[頁上 (左から)] ハーマイオニー・グレンジャーが持っていた魔法薬学の解答用紙とルーン文字学の宿題。ハリー・ポッターの箒磨きセットと、『ハリー・ポッターと秘密の部屋』でロン・ウィーズリーが使う手彫りのスペロテープ台のアイディア。『ハリー・ポッターとアズカバンの囚人』より、署名していないハリーの許可証。[中央]『秘密の部屋』より、ハーマイオニーの鏡。[右頁]『秘密の部屋』に登場する組分け儀式のストゥールのビジュアル開発アート。

12　魔法グッズ大図鑑

はじめに 13

第1章

ホグワーツ

「生徒はスズ製の標準2型大ナベ1つを必ず用意すること。
希望者はフクロウ、猫、またはヒキガエルを持ってきてもよい」

ハリー・ポッター／『ハリー・ポッターと賢者の石』

学校関連の文書

ホグワーツ入学許可通知

「ホグワーツ魔法魔術学校に入学を許可されたことをお知らせします」
ミネルバ・マクゴナガルからの通知／『ハリー・ポッターと賢者の石』

ホグワーツ魔法魔術学校から入学許可通知が届く日は、新入生にとってうれしい日。しかし、『ハリー・ポッターと賢者の石』でハリーは、通知の受け取りをバーノン・ダーズリーおじさんに全力で阻止されていたため、1万通送ってもらってやっと読むことができました。クリス・コロンバス監督は、ダーズリー一家の居間がハリーへの大量の通知であふれるシーンが、当然デジタル処理で制作されるものと思っていました。しかし、ハリー・ポッター映画の視覚効果スーパーバイザー、ジョン・リチャードソンは、「特殊効果でできる」と監督に請け合いました。「そうしたらクリスが、『ちょっと頭がおかしいんじゃないか』という目で私を見た」とリチャードソンは振り返ります。「でも、『いや、できる。部屋や煙突に手紙を放出する装置を作るんだ』と言った」。実現できるか確信できなかったコロンバス監督は、同意する前に実際に試してみることを要求しました。リチャードソンは、「スピードを制御しながら高速で封筒を飛ばす機械を作り、セットの上部に取り付けた。もう1台、空気を使って煙突の上から封筒を吹き下ろす装置も作った」と語ります。リチャードソンのスタッフは、ある夜、撮影終了後にこの装置を仮に取り付けて、監督に見せました。リチャードソンによると、監督は、「おお、うまくいくじゃないか！素晴らしい！」と声を上げたそうです。

封筒は、用途に応じて数種類作られました。ひとつは部屋をうまく飛ぶ軽量のもので、紙1万枚に封筒の模様（裏のホグワーツ紋章も）を印刷し、折らずに1枚のまま使いました。また、近くからの撮影用に、封筒の裏に本物の封蝋を施して印を押したものも数点作成されました。これには、マクゴナガル教授からの通知が実際に入っています。この通知は、映画シリーズの他の文書も多数書いているグラフィックアーティストのミラフォラ・ミナが、手書きで制作しました。入学許可通知はフクロウが配達しているように見えますが、これにはちょっとしたトリックがあります。開放装置付きのプラスチック製の胴輪をフクロウの体に装着してあるのです。胴輪には見えない長いひもが付いていて、その端を訓練士が持っています。訓練士がちょうどいいタイミングで装置を開放すると、フクロウが封筒を落としたように見えるのです。

[前々頁] アルバス・ダンブルドアの校長室を初めて訪れるハリー・ポッター。コンセプトアーティストのアンドリュー・ウィリアムソンが『ハリー・ポッターと秘密の部屋』用に制作したデッサン。壁いっぱいに絵画が掛けられている。[右頁・右] ハリーに届いたホグワーツ入学許可通知と、準備する学用品のリストは、グラフィックス部が最初に制作した文書の一部。[右上] ダーズリー家で、ふくろうによって配達された竜巻のような通知に巻き込まれるハリー（ダニエル・ラドクリフ）。バーノンおじさん（リチャード・グリフィス）といとこのダドリー（ハリー・メリング）は、通知をたたき払おうとしている。『ハリー・ポッターと賢者の石』より。[左] 1枚のままの紙でできた封筒のクローズアップ。

16　魔法グッズ大図鑑

To: Mr Harry Potter
   The Cupboard Under the Stairs,
   4 Privet Drive,
   Little Whinging,
   SURREY.

Dear *Mr. Potter*,

    We are pleased to inform you that you have been accepted at Hogwarts School of Witchcraft and Wizardry.

Students shall be required to report to the Chamber of Reception upon arrival, the dates for which shall be duly advised.

Please ensure that the utmost attention be made to the list of requirements attached herewith.

We very much look forward to receiving you as part of the new generation of Hogwarts' heritage.

Yours sincerely,

Prof. McGonagall

Professor McGonagall

HOGWARTS SCHOOL of WITCHCRAFT & WIZARDRY
Headmaster: Albus Dumbledore, D.Wiz., X.J.(sorc.), S.of Mag.Q.

ロックハートのテスト

「見ろよ。先生についての質問ばっかりだ」

ロン・ウィーズリー
『ハリー・ポッターと秘密の部屋』（カットされたシーン）

『ハリー・ポッターと秘密の部屋』のカットされたシーンで、闇の魔術に対する防衛術の新任教授ギルデロイ・ロックハートが実施したテストは、ロックハート自身について生徒がどれだけ知っているかを問うものでした。このテストは、ミラフォラ・ミナとエドアルド・リマが率いるグラフィックス部が手書きで制作しました。カットされていなければ、物知りなハーマイオニーと読書に無関心なハリーとロンの対比が見られたことでしょう。

ハーマイオニー の時間割

「今学期、いったいいくつ授業 取ってるの？」

ロン・ウィーズリー
『ハリー・ポッターとアズカバンの囚人』

主人公小道具は、クローズアップで映らなくても細部にこだわって制作されました。その良い例が、逆転時計を利用したハーマイオニーの時間割で、『ハリー・ポッターとアズカバンの囚人』で使用されました。

ルーナの捜し物ポスター

「ほんとに捜すの手伝わなくていい？」
「……なくなってもきっと最後には戻ってくるって」
ハリー・ポッターとルーナ・ラブグッド
『ハリー・ポッターと不死鳥の騎士団』

『ハリー・ポッターと不死鳥の騎士団』に出てきたルーナの捜し物リストには、本、羽根ペン、服などが書かれています。これもグラフィックス部が制作したもので、役柄に合わせて個性的な筆跡を使っています。

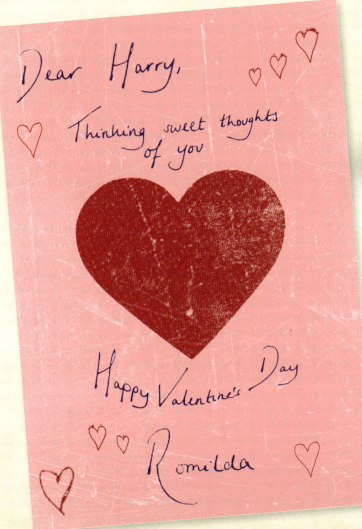

バレンタインデーカード

「分かったよ、愛してるんだ。
でも、実際に会ったことあるの？」
ハリー・ポッター／『ハリー・ポッターと謎のプリンス』

ハリーは『ハリー・ポッターと謎のプリンス』で、バレンタインデーに惚れ薬入りのチョコレートを添えたカードをロミルダ・ベインからもらいますが、ロンがチョコレートを食べてしまいました。

[左頁上]『ハリー・ポッターと秘密の部屋』のカットされたシーンで、ギルデロイ・ロックハート教授は自分自身に関するテストを実施した。ハーマイオニー・グレンジャーが記入したテスト用紙は全問正解となっている。[左頁下]『ハリー・ポッターとアズカバンの囚人』でハーマイオニーが使用する、逆転時計を利用した時間割は、グラフィックデザイナーのルース・ウィニックが制作した。[本頁]グラフィックデザイン・アーティストたちは、ルーナ・ラブグッドやロミルダ・ベインなど、多数のホグワーツ生の筆跡を考案した。

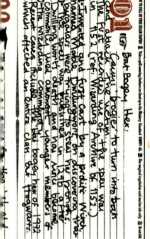

OWL試験詰め込み準備参考書

「『普通魔法レベル試験』、略して『OWL』、通称『フクロウ』と呼ばれる試験です」

ドローレス・アンブリッジ
『ハリー・ポッターと不死鳥の騎士団』

シリーズ全作を通じて、グラフィックス・小道具部は、登場人物に関連のある小道具をセットに置いて物語を引き立てることに細心の注意を払いました。ミナとリマは、学校生活にありそうなさまざまな物をグリフィンドール寮談話室に置きました。そのひとつが、『ハリー・ポッターと不死鳥の騎士団』で実施されるOWL試験に合格するための参考書です。

ダンブルドア軍団が署名した羊皮紙

ダンブルドア軍団は、『ハリー・ポッターと不死鳥の騎士団』でホグズミードに行ったときに初会合を開き、団員が羊皮紙に署名しました。ハリーが闇の力との戦いのリーダー役を引き受けた重要な瞬間を、この1枚の紙切れが象徴しています。署名の大半は、俳優自身によるものです。

[上・右頁]『ハリー・ポッターと不死鳥の騎士団』で、普通魔法レベル試験が5年生に実施される時期のグリフィンドール寮談話室には、「OWL試験詰め込み準備参考書」が見られる。参考書には魔法の言葉のつづりをチェックするページもある。[右] ダンブルドア軍団の団員の署名。『不死鳥の騎士団』で、アンブリッジ教授が闇の魔術に対する防衛術を教えてくれないため、生徒たちはダンブルドア軍団を結成し、自分たちで学ぶことにした。

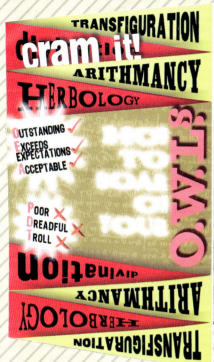

ホグワーツ 21

クリスマス・ダンスパーティーのプログラム

「クリスマスイブにお客様と共に大広間に集まり、楽しい一夜を
過ごすのです。騒いでも結構。ただしお行儀よく」

ミネルバ・マクゴナガル/『ハリー・ポッターと炎のゴブレット』

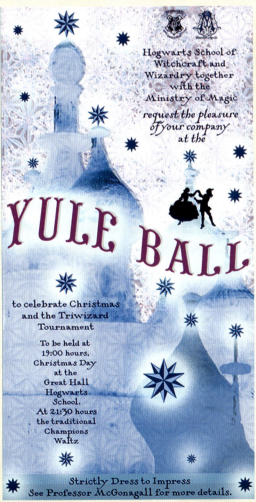

生徒が大切な行事にまつわる物を思い出として集めるのは、よく見られる光景です。このため、ミナとリマはクリスマス・ダンスパーティーの式次第と時刻が書いてあるプログラムを制作しました。まず「第1の杖振り」で、生徒はパートナーをダンスフロアにエスコートします。ダンスの仕方を示したカードがあらかじめ配られているので、ステップは上達しているはずです。第2の杖振りで飲み物が出され、第3の杖振りで宴が始まります。第4の杖振りではマグルのプロムパーティーと同じように人気ナンバーワンの魔法使いと魔女が発表され、第5の杖振りで杖の技が披露されます。最後の杖振りではラストダンスが行われ、「その後、特別なお客様全員にお休みのあいさつ」となっています。

[上・左頁] ミラフォラ・ミナとエドアルド・リマが『ハリー・ポッターと炎のゴブレット』用に制作したクリスマス・ダンスパーティーのプログラムは、文字を精巧に切り抜き、雪の結晶が飛び出すデザインとなっている。建物の形の輪郭は、クリスマス・ダンスパーティーで大広間に飾られた精巧な氷の彫刻にならって作られている。[左] クリスマス・ダンスパーティーのポスターは、「正装」を生徒に呼び掛けている。「魔法使いのワルツ」のために、ダンスのステップを示した紙も配られた。

教授の道具

個性的な傘

ホグワーツは寒くて雨がよく降る地域にあるため、小道具制作者はさまざまな役の傘の制作に取り組みました。

[左上] マクゴナガル教授のために制作された傘。持ち手が背中を反らせた猫になっていて、動物もどきの教授が変身した姿を反映している。[左] レイブン（オオガラス）が持ち手にあしらわれていてレイブンクロー寮用だとすぐ分かる2本の傘。ダーモット・パワーによるビジュアル開発アート。[上] コンセプトアーティストのロブ・ブリスは、『ハリー・ポッターと謎のプリンス』で憂いの篩（ふるい）を使ってダンブルドアとトム・リドルの初対面の記憶を見る場面のために、ダンブルドアの傘（「ダンブレラ」と名付けた）のコンセプトをスケッチした。ダンブルドアが着ているとても粋な紫のペイズリー柄のスーツに合っている。

意匠を凝らしたステッキ

[上・左]『ハリー・ポッターと炎のゴブレット』で最後の課題を待つハリー・ポッターとアラスター（マッド-アイ）・ムーディ教授（ブレンダン・グリーソン）。ムーディのステッキは、シレイラ（アイルランドのこん棒）のような杖を引き立てている。高度に図案化された頭部は、当初のコンセプトでは骸骨だったが、最終的には抽象化した雄羊の頭部になり、下端のひづめのある足とマッチしている。[左下]『ハリー・ポッターとアズカバンの囚人』で、リーマス・ルーピン教授は、闇の魔術に対する防衛術の指導を引き継いだ。教授は、狼人間であることによって慢性の病気にかかっているのと同じように体の調子が悪いということの象徴として、ステッキを使っている。このステッキの上部には天文学や黄道十二宮の記号があり、持ち手はオオカミのかぎ爪のような形をしている。[右下]ルシウス・マルフォイのステッキは、持ち手の中に杖が収納できるようになっている。これは、ルシウスを演じた俳優ジェイソン・アイザックスのアイディア。エメラルド色の目をした蛇の持ち手は、所属していたスリザリン寮を反映している。ルシウスが息子のドラコをこれでたたくことがあるため、蛇の牙を引っ掛けてけがをしないよう、牙を取り外せる仕組みになっている。

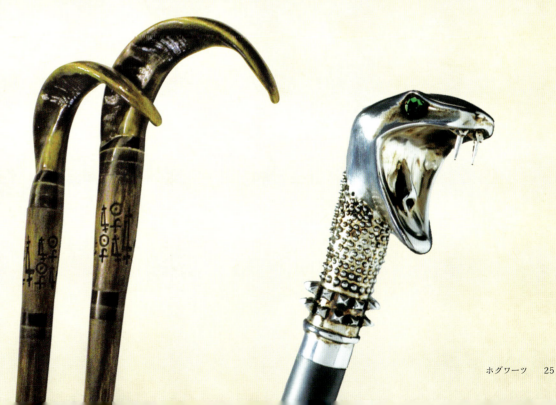

教授たちが愛用しているトランク

生徒は学用品をいっぱいに詰めたトランクを持ってホグワーツにやって来るが、教授も同じこと。[左上] 貧しいリーマス・ルーピン教授が着ている服は傷んでいてみすぼらしいが、トランクも同様で、構造は単純、色は地味な茶色で、ひどくすり切れている。ルーピンが年度末に辞職したとハリーに告げてトランクに「荷物を詰める」場面には、特殊効果が使われた。[左下・左中]『ハリー・ポッターと炎のゴブレット』で、バーテミウス・クラウチ・ジュニアが、本物のアラスター（マッド-アイ）・ムーディを閉じ込めておいた、錠がたくさん付いた7重の革製トランクは、特殊効果部が制作した小道具。箱が機械仕掛けで開き、少し小さい箱が次々に上から現れる仕組みになっている。左下はスチュアート・クレイグによるスケッチ。左中はロブ・ブリスによるビジュアル開発アート。[上・右頁]『ハリー・ポッターと謎のプリンス』で、ホラス・スラグホーン教授が魔法薬学教師に復職したときに持ってきたトランクは、長年の使用で傷みが見られるが、ビロードのような紫の内面と金の縁取りは、おしゃれに気を遣う教授の趣味に合ったもの。トランクの片面にずらりと並ぶ薬瓶や材料について、グラフィックアーティストのエドアルド・リマは、「大昔からずっとあったものだ」と表現している。

ホグワーツ 27

スネイプとスラグホーンの魔法薬瓶

「こんな複雑な薬、見たことない」
ハーマイオニー・グレンジャー/『ハリー・ポッターと秘密の部屋』

ハナハッカ・エキス、皮をむいた萎び無花果、元気爆発薬——ハリー・ポッター映画のあちこちに登場する魔法薬とその材料は、小さな薬瓶から高さ1メートルの大きな瓶まで、さまざまな容器に入っています。『ハリー・ポッターと賢者の石』でセブルス・スネイプ教授の教室に最初に置いてあった500本の瓶には、乾燥したハーブなどの植物や、精肉店で入手した骨をオーブンで焼いたもの、ロンドン動物園のギフトショップで入手したプラスチック製の動物のおもちゃなどが入っています。瓶にはグラフィックデザインチームが制作したラベルが貼ってあります。ラベルは一つひとつ文字を手書きして手作業で制作され、通し番号や原材料の一覧のほか、染みや液体がはねた跡もあります。『ハリー・ポッターと秘密の部屋』でスネイプに研究室が与えられると薬瓶の数は増え、『ハリー・ポッターと炎のゴブレット』では、薬でいっぱいのスネイプ専用倉庫をちらりと見ることができます。『ハリー・ポッターと謎のプリンス』でスラグホーン教授が魔法薬学教師の職を引き継いで広い教室に移るころには、薬瓶の数は千本を超えました。小さい瓶は小道具制作のピエール・ボハナが制作したもので、試験管を材料に、形の異なるふたや底を付けて、興味を引く外見にしました。魔法薬フェリックス・フェリシス用には特別にデザインした瓶を制作し、専用の小さな釜と、瓶をはさんで固定する精巧な器具も制作しました。登場人物が魔法薬を飲むときに瓶の中に入っていたのは、なんとスープです。ニンジンとコリアンダー風味のスープが人気だったそうです。

[左下・右上] ハリー・ポッター映画に登場する大量の魔法薬瓶は、小道具部とグラフィックデザイン部が協力して制作したもので、一つひとつラベルが貼られ、中には液体、植物、プラスチック製のおもちゃが入っている。[上2点・右・右頁] 様々なラベルはどれも手作り。ほとんどの魔法薬は、セブルス・スネイプやその他の魔法薬学教授によって収集されてホグワーツの倉庫に保管されていたものだが、ホラス・スラグホーンの魔法薬は、自身の薬屋のものだと明記されている。このため、グラフィックアーティストたちが考案した特徴的な筆跡とラベル様式が使われている。

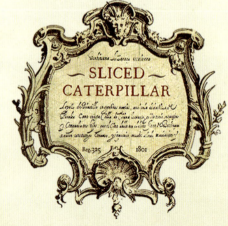

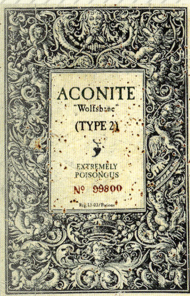

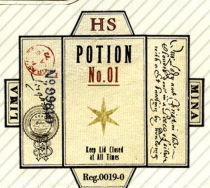

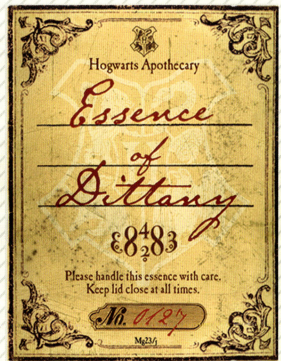
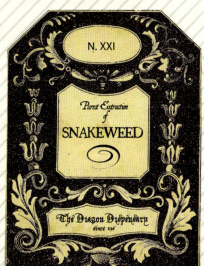
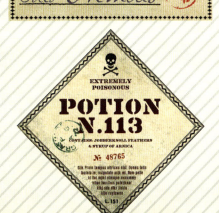

ホグワーツ 29

アルバス・ダンブルドアの憂いの篩と記憶の戸棚

「これはの、『憂いの篩』といって、わしのように
少々頭の中がいっぱいになってしまったときには便利じゃ」

アルバス・ダンブルドア／『ハリー・ポッターと炎のゴブレット』

憂いの篩（ペンシーブ）を使うと、魔法使いの頭の中から取り出された記憶を見ることができます。『ハリー・ポッターと炎のゴブレット』で、ハリーは憂いの篩の中に「落下」してダンブルドアの記憶に入り込み、偶然その使い道を発見します。記憶の中のデスイーター裁判で、ハリーはカルカロフとバーティ・クラウチ・ジュニアを見ました。本物のように「波が発生」したり、銀色の糸状の液体が、ハリーの顔が映った浅い水盆の中に渦巻いて、記憶の中に溶け込んでいく効果など、複雑な水面はデジタルアーティストが作り出したものです。

『ハリー・ポッターと謎のプリンス』では、憂いの篩の水盆が台にはめ込まれているのではなく、CGで空中に浮かんでいます。記憶を注ぐと、記憶は真っ黒な糸状になって下に伸びていきます。ハリーが顔を液体につけると、渦巻いていた糸が集まって記憶になります。ホラス・スラグホーンとトム・リドルが分霊箱について話しているところをのぞいたり、『ハリー・ポッターと死の秘宝2』で、ハリーがスネイプと母のつながりやヴォ

ルデモートを倒す自分の運命を知るなど、憂いの篩は映画の中で重要な役割を果たしました。

憂いの篩で使われた記憶は、魔法薬の小瓶と同じようにピエール・ボハナが作った小瓶に保存されました。ラベルをデザインしたのはミラフォラ・ミナで、小道具部のスタッフがそれぞれラベルを書き、手作業で瓶に貼りました。完成した800〜900本の瓶はゴシック様式の記憶の戸棚に慎重に並べ、戸棚の内部から細心の注意を払って瓶に光を当てました。戸棚は自立式で、円柱状の形がダンブルドアの校長室の円いデザインを引き立てています。

[左頁] 憂いの篩に顔をつけて、トム・リドルと初めて会ったダンブルドア教授の記憶を見るハリー。ロブ・ブリスが『ハリー・ポッターと謎のプリンス』用に制作したアート。[上] 同じシーンを撮影するマイケル・ガンボン（ダンブルドア）とダニエル・ラドクリフ（ハリー・ポッター）。この小道具は実際に制作したもので、視覚効果用の基準点が付けてあり、視覚効果スタッフはこれを使って、撮影後の編集段階で憂いの篩を制作する。[左] トム・リドルの記憶の小瓶。

Sc.249 Int.Shrieking Shack

C.U. SNAPE - SILVERY BLUE LIQUID SEEPS FROM HIS EYES..

CUT

WIDER - HERMIONE CONJURES FLASK & GIVES IT TO HARRY..

CUT

EX.C.U. THE TEARS FLOW INTO THE FLASK.

CUT

LOW ANGLE - HERMIONE & HARRY LOOK DOWN TO CAM. - RON APPEARS IN B.G. "HE'S GONE."

[左頁]『ハリー・ポッターと謎のプリンス』で、ダンブルドアの校長室にある記憶の戸棚。小道具担当者が全方向から作業できるように、扉と囲いは外せるようになっていて、まず瓶を棚に並べきしてから、扉と囲いをまた取り付けた。[頁上]棚はそれぞれ数段に分かれ、一つひとつ手書きした記憶の小瓶が置かれている。[左]『ハリー・ポッターと死の秘宝2』の絵コンテ。セブルス・スネイプの記憶が詰まった涙を憂いの篩で見るために、ハリーがどのように涙をフラスコに受けるかという構想が説明されている。このシーンの舞台は当初、叫びの屋敷になっていた。[上]『ハリー・ポッターと死の秘宝2』で、スネイプ教授の記憶を見ようとするハリー・ポッター。

ホグワーツ 33

ルーピンの蓄音機とレコード

「リディクラス！（バカ笑い）」
リーマス・ルーピン／『ハリー・ポッターとアズカバンの囚人』

ルーピン教授は『ハリー・ポッターとアズカバンの囚人』で、ボガート（まね妖怪）を撃退する簡単な呪文を教える授業中に、蓄音機で快活なジャズの曲をかけます。これは、闇の魔術に対する防衛術の教師の中でルーピン教授が最も遊び心にあふれ、親しまれているということを表現しています。この蓄音機は、1920年代にギルバート社が「ゲイシャ」という割安なブランドで製造した、実際に機能する本物で、朝顔型のラッパが箱に取り付けてあります。ルーピンがかけた曲の名前は「ウィチタ・バナナ」です。

マクゴナガル教授も、『ハリー・ポッターと炎のゴブレット』でクリスマス・ダンスパーティーの前、ダンスを教えるときに蓄音機を使っています。白鳥のひなの首のように曲がった巨大なラッパは小道具部が制作したものですが、機械はやはり実際に機能するものです。かけられた曲は、「スペロフォニックス」レーベルの「魔法使いのワルツ」です。

34　魔法グッズ大図鑑

スラグホーンの砂時計

「実に興味深い物だ。会話の質によって砂の落ちる速度が変わる。刺激的な会話ならゆっくりと落ち…」

ホラス・スラグホーン／『ハリー・ポッターと謎のプリンス』

『ハリー・ポッターと謎のプリンス』で、ハリーは手が加えられていないトム・リドルの記憶を明かしてもらうよう説得するためにスラグホーンの部屋に行きますが、そのときにハリーが見とれていた砂時計は、映画独自の演出です。緑がかった砂時計の両端で銀の頭を持つ3匹のヘビが顔を突き合わせているデザインで、スラグホーンが所属するスリザリン寮に敬意を表しています。

[左頁左上]「スペロフォニックス」レーベルの人気曲。[左頁右上]『ハリー・ポッターとアズカバンの囚人』に出てきたルーピン教授の蓄音機。[左頁下2点]『ハリー・ポッターと炎のゴブレット』でダンスのレッスンに使われた蓄音機は、『ハリー・ポッターと謎のプリンス』と『ハリー・ポッターと死の秘宝2』で必要の部屋のセットに置かれた無数の小道具のひとつ。[左] 中に砂が入っていないスラグホーンの砂時計。スリザリン寮のシンボルカラーである黒と緑を使っている。蛇の舌が伸びて合わさり、砂時計を支えている。[下] 砂時計のビジュアル開発アート。ミラフォラ・ミナ制作。[背景] 砂時計の詳細な設計図。アマンダ・レガット制作。

ホグワーツ 35

アルバス・ダンブルドアの遺書

「ここに我アルバス・パーシバル・ウルフリック・ブライアン・ダンブルドアの遺言を記す…」

ルーファス・スクリムジョール
『ハリー・ポッターと死の秘宝1』

ミラフォラ・ミナがデザインによく取り入れた重要なテーマのひとつは「発見」。『ハリー・ポッターと死の秘宝1』で魔法大臣ルーファス・スクリムジョールがハリー、ロン、ハーマイオニーに読み上げた、紙が重なってできているアルバス・ダンブルドアの遺書は、その狙いにかなったものです。「紙を重ねたのは、ダンブルドアが最後の最後にこの3人に贈る物を付け加えたのではないか、と思ったからだ」とミナ。グラフィックス部では紙に染みを付け、古く見せる加工をしましたが、その後、一番大変だったのは封ろうを施す作業でした。「ろうが裏に染みたり油の跡が残ったりしないように、ろうに強い紙を使ったが、ろうがすぐ取れてしまった」とミナ。あれこれ試した末、イングランド銀行が使用しているろうに変更して、やっとしっかり付きました。

[上]『ハリー・ポッターと死の秘宝1』で、ハーマイオニー・グレンジャー（エマ・ワトソン）、ロン・ウィーズリー、ハリー・ポッターに、ダンブルドアの遺書に書かれた形見の内容を読み上げるルーファス・スクリムジョール魔法大臣（ビル・ナイ）。[右] ダンブルドアの遺書。ハリー・ポッターシリーズで使われた紙の小道具は、撮影用に複製する必要があったため、一貫性を期してフォントはデジタル処理で制作された。

生徒の道具

逆転時計

「馬鹿なこと言わないで。同時に2つの授業に出られるわけないでしょ」
ハーマイオニー・グレンジャー／『ハリー・ポッターとアズカバンの囚人』

ハーマイオニーは『ハリー・ポッターとアズカバンの囚人』で、ハードすぎる時間割をこなすために逆転時計を使います。逆転時計の制作について説明を受けたグラフィックアーティストのミラフォラ・ミナは、「目立たないものにしたいが、動く要素も入れたい」と思いました。ミナはアイディアを求めて、さまざまな時計のほか、占星術の機器も調べました。「アストロラーベ（古代の天体観測儀）を見て、平らで目立たないからいいなと思った」とミナ。逆転時計は、ハーマイオニーがハリーに見せるまで、着けていてもあまり目立たないようにする必要があったのです。「でも、使うときには生き生きと活動を始めて3次元になる。輪の中に輪があり、開いて一部が回転する」。逆転時計の鎖の使い方も考える必要がありました。「脚本には、ハーマイオニーが鎖を広げて自分とハリーを囲むように掛けると書いてあった。そこで、留め具を二重にした。これで、2人が入れる長さまで広げられるが、首に掛けているときには長く垂れ下がらない」（ミナ）。仕上げに、ミナは時間に関する2つの標語を刻みました。外側の輪には「我は時を欠かさず記し、太陽を追い越すことはない」、内側の輪には「我の効果と価値は、汝の任務にかかっている」と彫ってあります。

[下] ダーモット・パワーが『ハリー・ポッターとアズカバンの囚人』用に制作した開発アートには、砂時計の形をした回転部品が時計や小瓶、ペンダントなどに入っている、さまざまな形の逆転時計のアイディアが描かれている。[上] ミラフォラ・ミナによる最終的な逆転時計のデザイン。

忍びの地図

「ムーニー、ワームテール、パッドフット、プロングズがお贈りする『忍びの地図』」
ジェームズ・ポッター、シリウス・ブラック、リーマス・ルーピン、ピーター・ペティグリュー／『ハリー・ポッターとアズカバンの囚人』

ハリーが映画の中で手に入れていくさまざまな道具は、ヴォルデモート打倒の過程で役に立ちました。そのひとつが「忍びの地図」で、『ハリー・ポッターとアズカバンの囚人』の物語の決め手となる数々の節目で重要な役割を果たしています。ハリーは、忍びの地図を手に入れたおかげでホグズミードに行くことができ、そこでシリウス・ブラックに関する衝撃的な情報を耳にします。また、忍びの地図でピーター・ペティグリューがホグワーツにいることを知ったハリーは、リーマス・ルーピンにそのことを知らせ、それによって他の忍びの者たちが対立したことで、ハリーの両親の死について新たな真実を知ることができました。

『アズカバンの囚人』でハリーがウィーズリー家の双子からもらった忍びの地図を制作することになり、その説明を受けたミラフォラ・ミナは、地図を作った生徒のことを考えてデザインしなければ、と思ったそうです。「これを作ったのは悪知恵の働く4人の少年だ。賢くて抜かりがない。縁が焦げてまくれ上がっている宝島の地図のようなものには絶対にしたくなかった」とミナ。ミナとエドアルド・リマは、何枚も重なっていて折りたためる地図がいいと考えました。「ホグワーツはどこまでも続いているような感じがする。学校の描写を読んで、果てしのない場所なのだと思った。そこで、地図を立体的にして、地図を開くたびに『別の層に迷い込むかもしれない』、『まだ見つけていない層があるかもしれない』と思えるようにした」。ミナは『ハリー・ポッターと賢者の石』に出てきた動く階段にも影響を受け、地図を折りたためば3次元の階段のような印象を与えられると考えました。映画シリーズの美術監督スチュアート・クレイグは、「『学校の建築』と『学校に密接に関わる物』とにつながりを持たせることに非常に熱心だった」そうです。このため、ミナはセットの建築図面をなぞって地図をデザインしました。「だから、忍びの地図は建築学的に正確なものだ。複雑な層を表現しようと全力で作業や調査をしたが、それでも間違えてしまったところがある。『必要の部屋』は、誰かが気付くまで、長い間ずっとデザインに含まれていた」（ミナ）。必要の部屋は、見つけられないように、すぐに覆い隠されました（見る人が見れば分かりますが）。ほとんどの小道具、特に主人公小道具はいくつも作る必要があるため、ミナとリマは、コピーのしやすさを考慮して地図の作りを考えました。『アズカバンの囚人』では、地図が魔法でたたまれますが、これは糸を使った特殊効果です。地図でデジタル効果が使われたのは、クローズアップのときに映る足跡と波打つような文字だけです。

[上]『ハリー・ポッターとアズカバンの囚人』の最終シーンで、リーマス・ルーピン教授は忍びの地図をハリー・ポッターに返す。地図は、糸を使った単純な特殊効果で折りたたまれる。[右頁] 最初の忍びの地図の細部。ダンブルドアの円形の校長室が3階分あることが分かる。作を重ねてホグワーツ城が進化していくと、地図のデザインも進化した。

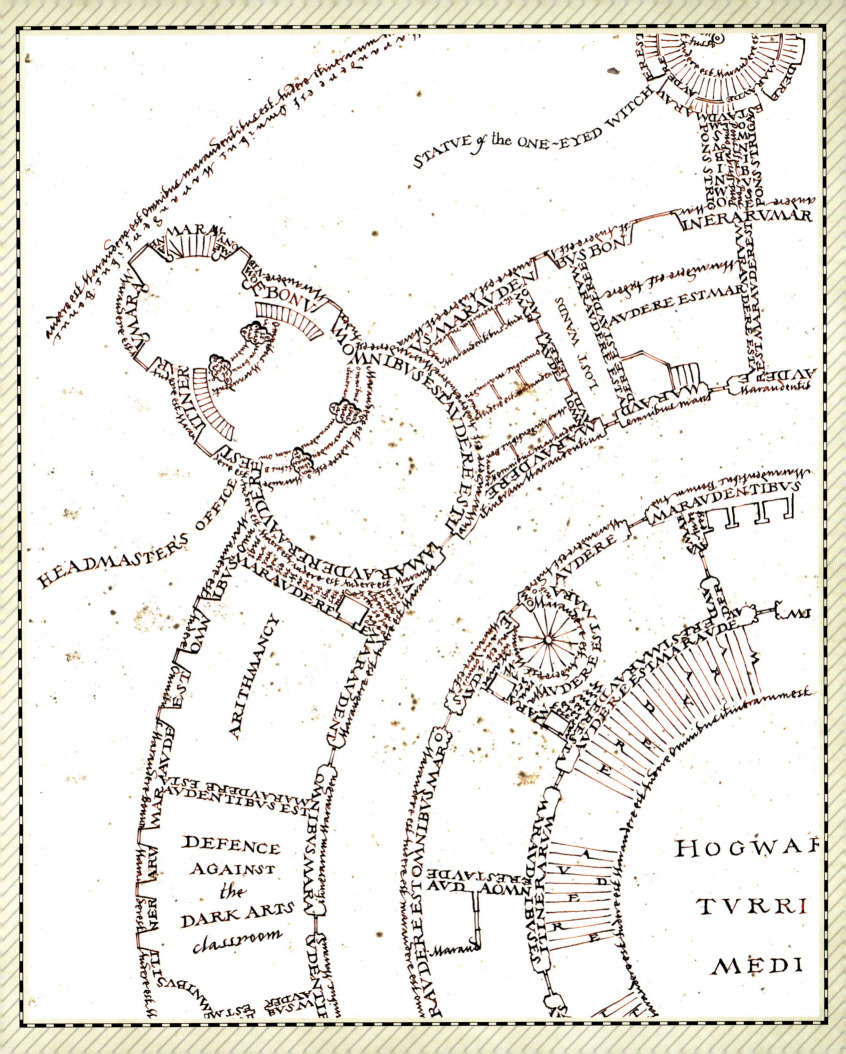

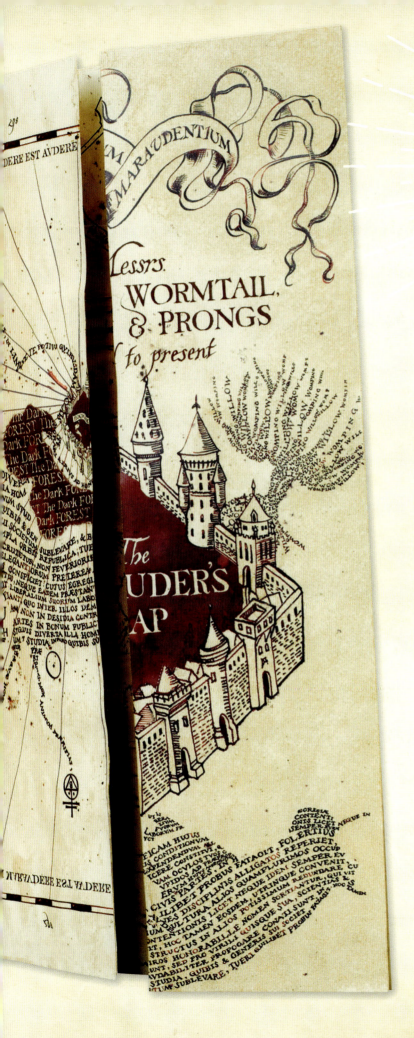

「われ、ここに誓う。われ、よからぬことを企む者なり」
フレッドとジョージ・ウィーズリー
『ハリー・ポッターとアズカバンの囚人』

　忍びの地図は、第3作で初登場したときには、当然、未完成でした。「地図のデザインを始めたときには、続編で地図がどうなるか分からなかったので、城にどんどん付け足していけるようなデザインにした」とリマ。『ハリー・ポッターと不死鳥の騎士団』では地図を修正して、ダンブルドアの校長室、中庭、新しい廊下を重ねました。『ハリー・ポッターと謎のプリンス』、『ハリー・ポッターと死の秘宝1・2』でも地図を修正しました。

　忍びの地図で特に目を引くのは、セピア色の古ぼけた外見です。「印刷では古さがうまく出せない。古いという設定の本のページに印刷で色を付けることもあるが、普通は1枚1枚加工する」とミナは説明しています。リマは、「秘密の配合を使うんだ。基本的には、コーヒーとサンドペーパーと愛を混ぜ合わせたものだ」と笑いました。(この秘密の配合に使われたコーヒーはネスカフェ・ゴールドブレンドだとか。) 一貫性を保つために、印刷して付けた汚れや染みもありましたが、紙はすべて、水とコーヒーを混ぜた液に1枚1枚浸し、乾かしてから組み立てました。美術部の廊下には、ミナとリマが作ったコーヒーの香りのする紙がずらりと並びました。

　境界を線でなく文字で描くというアイディアも、ミナが調査から思い付きました。「これはラテン語だ。エドアルドと一緒に、忍びの者や『忍び』に関連した言葉を書いた」とミナ。また、2人はある成句を見つけてそれをファン語に訳し、部屋や塔の壁、境界線などの区切りに使いました。この成句には、「大胆不敵」という意味の言葉 (audere) と「善」という意味の言葉 (bonum) が入っています。英語で書いてある言葉 (書いたのは忍びの者たちかフレッドとジョージ) は、「厨房への秘密経路」、「居残り脱出経路」などです。「これも、地図を作ったのが小生意気な連中だったというイメージからだ。だが、彼らは頭も良かったので、『気の利いた見た目にしたい』と考えていただろうと思う」とミナ。例えば暴れ柳の枝や幹は、「Whomping Willow (暴れ柳)」という言葉を繰り返し書いたものです (つづりは「womping willow」)。文字デザインは、地図の制作時間を節約するため、フォント化されました。また、ルーン記号があちこちにでたらめに書かれていますが、この方法は、ミナによると、「簡単に面白く見せるためによく使った」ということです。

[見開き]『ハリー・ポッターと不死鳥の騎士団』に登場した忍びの地図の別の面。制作はミラフォラ・ミナとエドアルド・リマ。ダニエル・ラドクリフ (ハリー・ポッター) は、話の筋に関連した部分が見えるように地図をたたんだり開いたりするよう指示されていた。

トム・リドルの宝物

「トム、ホグワーツでは盗みは許されない」
アルバス・ダンブルドア /『ハリー・ポッターと謎のプリンス』

ハリーは『ハリー・ポッターと謎のプリンス』で、アルバス・ダンブルドアがウール孤児院にいるトム・リドルと初めて会ったときの記憶を保存していたものを見せられます。ダンブルドアは孤児院で、トムが孤児院の人たちの物をしょっちゅう盗んでいることを知ります。トムが持っていた小さなブリキの箱には、指ぬき、ハーモニカ、ヨーヨーなど、さまざまな物が入っていました。映画シリーズで、本に描写がない物のデザインを決めなければならないとき、グラフィックアーティストたちは調査をしたり、物によっては身の回りや友人、家族などからヒントを得て、それを基に巧みにデザインを作り上げました。ハーモニカのメーカーは「ルカメロディー」と言い、ミラフォラ・ミナの息子のルカから名前を取ったようです。ハーモニカの製造地ストロベリー・ヒルは、イギリス初代首相の息子で収集マニアのホラス・ウォルポールがかつて所有していた邸宅の名前です。この邸宅は、撮影が行われたリーブスデン・スタジオからわずか1時間の場所にあります。

42　魔法グッズ大図鑑

姿をくらます
キャビネット棚

「君の話からすると…ドラコがやけに興味を持っていた物は、おそらく『姿をくらますキャビネット棚』だろう」
アーサー・ウィーズリー／『ハリー・ポッターと謎のプリンス』

ドラコ・マルフォイは『ハリー・ポッターと謎のプリンス』で、デスイーター（死喰い人）をホグワーツ城に連れ込むため、「姿をくらますキャビネット棚」を必要の部屋に隠しました。この戸棚は対になった2台の間を移動できるようになっていますが、ドラコはデスイーター侵入の前に、戸棚を修理してきちんと機能させなければなりませんでした。この戸棚は闇の魔法の道具なので、デイビッド・イェーツ監督は、神秘的で威圧感のある外見にしたいと考えました。小道具アートディレクターのハッティ・ストーリーは、「スチュアート・クレイグは、『このイメージを伝えるには、シンプルで力強い形にするのが一番だ。特に、さまざまな物や家具であふれているセットの中ではそれが効果的だ』と考えていた」と語っています。戸棚はいかめしいオベリスク形で、濃い色で塗り、ところどころ昔の塗料が剥げているような効果を出しました。雷紋の透かし彫りを施した青銅の複雑な錠は、グリンゴッツ銀行の金庫と秘密の部屋の錠も制作した特殊効果技術者のマーク・ブリモアが考案・設計したものです。

[左頁]『ハリー・ポッターと謎のプリンス』でトム・リドルは、他の生徒から盗んだ「宝物」を、青と銀色の金属製の箱に入れていた。箱には、魔法使いと魔女が猛禽類を手に、森を馬で駆け抜ける光景が描かれている。[左] アンドリュー・ウィリアムソンが『謎のプリンス』用に制作した、姿をくらますキャビネット棚のコンセプトアート。必要の部屋に保管された他の物を見下ろすように、高くそびえている。[下] キャビネットのそばに立ち、広い部屋の中で迷ったようにも見えるドラコ・マルフォイ。ウィリアムソンによるデジタル合成のビジュアル開発アート。[背景] ハッティ・ストーリーによるキャビネットの設計図。

クィディッチ

「クィディッチはすごいよ。最高のスポーツさ！」
ロン・ウィーズリー／『ハリー・ポッターと賢者の石』

魔法界の人気競技クィディッチは、物語に重要な役割を果たします。競技の目的は、3つある輪のどれかにクアッフルをシュートして相手チームより多く点を取るか、金のスニッチを捕ることです。1チームの選手は7人で、うち3人がチェイサー（クアッフルをゴールに入れて得点する）、2人がビーター（2個のブラッジャーを相手チームに向かって打ち、相手チームのブラッジャーを自分のチームに近づけないようにする）、1人がキーパー（ゴールを守る）、もう1人がシーカー（金のスニッチを捕る）です。ハリーには生まれつき箒にうまく乗る才能があり、『ハリー・ポッターと賢者の石』でドラコ・マルフォイが空中に放り投げた思い出し玉を取り戻したときに、その才能が初めて明らかになります。ハリーはこの才能のおかげで、ホグワーツのクィディッチ史上において「100年ぶりの最年少シーカー」（ロンがハリーに言った言葉）になることができました。ハリーが初めて金のスニッチをキャッチしたのは口ででしたが、これが最終作への重要な伏線となっています。

44　魔法グッズ大図鑑

クアッフルとブラッジャー

「ブラッジャー。暴れ球だよ」

オリバー・ウッド /『ハリー・ポッターと賢者の石』

　クアッフルがもし現実世界にあったら、バスケットボールとサッカーボールの中間のように見えるでしょう。美術監督のスチュアート・クレイグが、すべてのクィディッチ用具のコンセプトアートの原案を描いて、サイズ（クアッフルは直径23センチ）や表面の質感のアイディアも出し、小道具制作者が、承認されたデザインを基に、実際に使える競技用具を作り出しました。撮影用に制作されたクアッフルは4個で、発泡材でできた芯を赤い革でくるんであります。縫い目は隠し、ホグワーツの紋章を両側に型押しし、長年の使用で色があせ、傷が付いたように加工しました。

　ブラッジャーはクアッフルよりはるかに重く作られているボールです。小さくて黒いブラッジャーは、素早く動き、ずっしり重く、ビーターが短い木製のバットで強打するため、大変危険です。ユニフォームに使われる「ベイ」（クリケットの試合で使われる特殊な腕当て）は重要な防具で、肩から手首までを覆います。競技が年を追って攻撃的になってくると、ユニフォームのパッドが増え、ヘルメットも加わりました。

　映画化では、クィディッチのボールが空中を飛ぶときに、それぞれ独特の音が必要となりました。クアッフルは最大なので、キャッチや打撃のときにドスンという大きな音がします。ブラッジャーは、グリフィンドールのキャプテンであるオリバー・ウッドから「暴れ球」と呼ばれているため、音響デザイナーは、打ったときに怒った動物のような音が出るようにしました。

［左頁上］『ハリー・ポッターと秘密の部屋』で、凶暴なブラッジャーから逃げるハリー・ポッター。［左頁右下］クィディッチ用具を収納するトランクのコンセプトスケッチ。ブラッジャーが飛び出さないように押さえておく鎖が付いている。［左頁左］クィディッチの試合で悪天候のときに着用するゴーグルのコンセプトアート。アダム・ブロックバンク制作。［上（左から）］ブラッジャー、ブラッジャー用バット、クアッフル、腕当て、別のブラッジャーのコンセプトデザイン。［右下］バットのデザイン。すべて、スチュアート・クレイグによるデザインをガート・スティーブンズがスケッチ。［左下］最終段階の詳細なビジュアル開発アートに描かれたクアッフル。ボールに付けるホグワーツの紋章の配置が示されている。

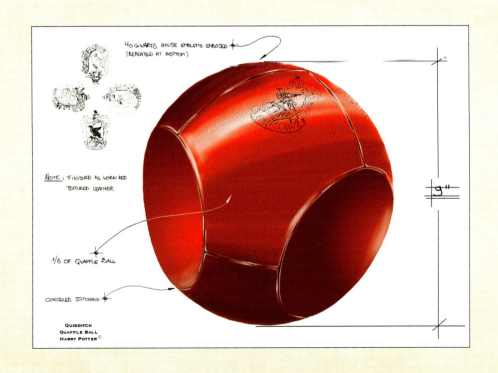

ホグワーツ　45

金のスニッチ

「君が注意しなくちゃいけないのは、このボールだけだ。金のスニッチ」
オリバー・ウッド／『ハリー・ポッターと賢者の石』

金のスニッチは、驚異的なスピードでクィディッチ競技場を飛び回ります。せわしなく羽ばたいて上下左右に突進し、両チームのシーカーをかわし、もてあそびます。空気力学的に本物感を持たせるため、金のスニッチの羽と本体のデザインではさまざまな案が検討されました。ガのような羽、すじが縦または横に走っている帆のような羽や、魚のひれに似た「かじ」が付いているものもありました。クルミ大の球部分も何度もデザインを繰り返しましたが、最終的には、本体がアールヌーボー様式で、羽は、簡略化した薄い帆の形ですじのあるデザインとなりました。羽を広げたり引っ込めたりする実際の仕組みも、重要なデザイン要素でした。「理論的には、羽が球の溝に引っ込んでただの球に戻る」とスチュアート・クレイグは言います。金のスニッチは銅で電気鋳造したあと金メッキを施して複数制作されましたが、それを飛ばしたのは特殊効果チームです。また、音響デザインチームが、小さく美しい球に合うハチドリのような音を付けました。また、コンピューターアーティストが、ハリーの眼鏡に反射して映る金のスニッチを必要に応じて作り込み、完全なイリュージョンを実現しました。

[上・右中] 主人公小道具の代表格、金のスニッチ。ガート・スティーブンズが『ハリー・ポッターと賢者の石』用に制作した金のスニッチのビジュアル開発アートには、羽とかじのデザインや、羽がボールに巻き戻る位置のさまざまな案が描かれている。[右下]『賢者の石』に登場する金のスニッチ。[右頁] 最終的な金のスニッチ。

大広間

寮の得点を示す砂時計

「よい行いをすれば寮の得点となり、規則を破れば減点となります。学年末には、最高得点の寮に寮杯が与えられます」

ミネルバ・マクゴナガル／『ハリー・ポッターと賢者の石』

大広間の教授席右手には、砂時計のような形の大きな円筒が壁に4本取り付けてあり、スリザリン、ハッフルパフ、グリフィンドール、レイブンクローの順に各寮を表しています。中には「宝石」（エメラルド、イエロー・ダイヤモンド、ルビー、サファイア）が入っていて、各寮の生徒の得点や減点に応じて砂時計が宝石を下に落としたり上に戻したりします。美術監督のスチュアート・クレイグは、宝石の代わりに膨大な量のガラスビーズを砂時計に詰め、イングランド全土でガラスビーズが不足したほどでした。砂時計は完全に機能するもので、年度初めには毎回、授業が開始するまでビーズが砂時計の上部の短い部分だけに入っているか、十分に確認が行われました。

ホグワーツの戦闘騎士

「ピエルトータム　ロコモーター！（すべての兵よ　動け！）」

ミネルバ・マクゴナガル／『ハリー・ポッターと死の秘宝２』

善の力と闇の力の最終決戦、そしてハリー・ポッターとヴォルデモート卿の最終対決がホグワーツの敷地や建物内で繰り広げられた『ハリー・ポッターと死の秘宝２』。教師や生徒、職員が参戦しましたが、それまで姿が見えなかった者も、学校を守るために立ち上がりました。よろいに身を固めた騎士像です。呪文で命を吹き込まれた騎士たちは台座から飛び降り、マクゴナガル教授の命令で戦場へと行進していきました（教授はこの呪文を使ってみたいとずっと思っていました）。コンセプトアーティストのアダム・ブロックバンクとアンドリュー・ウィリアムソンが考案した騎士は、鎖かたびら、こん棒、戦闘用のおの、盾を持っています。盾には、特定の寮への忠誠を示す印が付いているものもあります。スポーラン（革製のポーチ。スコットランド高地の伝統的な衣装の一部で、通常はスカート状のキルトの上に着ける）を下げている者や、クィディッチの選手かと思うような格好の者もいます。騎士たちは、特殊効果とデジタル効果を組み合わせて命を吹き込まれました。まず、繊維強化プラスチックを成型して模型を作り、石に見えるように塗装しました。この模型をサイバースキャンしてコンピューターに取り込んでから加工し、動く騎士が実現しました。

[左頁] 寮の得点を示す砂時計。この時点では、レイブンクローが寮杯を目指す競争で首位に立っている。[頁上] アダム・ブロックバンクによる戦闘騎士のビジュアル開発アート。それぞれ異なる武器や盾を持っている。[上] 戦いの後、ばらばらに壊れて戦場に横たわる繊維強化プラスチック製の騎士。

屋敷しもべ妖精と
トロールのよろい

ハリー・ポッター映画の制作では、場所やアクションの効果を高めるために、さまざまな案が絶えず検討されました。『ハリー・ポッターと謎のプリンス』では、「玄関ホールの階段にあるよろい姿のトロールと屋敷しもべ妖精の像が、デジタル効果で動き出す」という案が出されました。これは同映画には登場しませんでしたが、『ハリー・ポッターと死の秘宝2』で戦闘騎士として実現しました。『死の秘宝2』のコンセプトアートからは、よろい姿の屋敷しもべ妖精が騎士と共に戦ったかもしれないことが分かります。必要の部屋をよく見ると、「悪霊の火」で消失する前のトロールと屋敷しもべ妖精のよろいがあります。

[本頁] コンセプトアーティストのロブ・ブリスが『ハリー・ポッターと謎のプリンス』用に制作したトロールのよろいのビジュアル開発アートと、アダム・ブロックバンクが『ハリー・ポッターと死の秘宝2』用に制作した屋敷しもべ妖精のよろいの開発アートの比較。2つの縮尺は異なり、屋敷しもべ妖精の実際の背丈はトロールの装甲靴の高さをかろうじて上回るぐらいしかない。[背景] エマ・ベインによるトロールのよろいの設計図。[右頁]『謎のプリンス』のシーン案を描いた絵コンテ。ミスター・フィルチとミセス・ノリスは、トロールのよろいの中を走り回るネズミに気を取られ、ハリー・ポッターがそばを通っても気付かない。

HERMIONE
Now remember, Slughorn usually eats early, takes a short walk and then returns to his office.

HARRY
Right. I'm going down to Hagrid's.

HERMIONE
What? No, Harry -- you've got to go see Slughorn. We have a plan --

Filch fumbles around the foot of the armour for the mouse with Mrs Norris.

Harry walks past....

Cut high above Troll armour.
The mouse is sitting on the armours shoulder.
Filch climbs up between its arms to get the mouse.

Harry walks past behind.

14th November 2007

52 　魔法グッズ大図鑑

ホグワーツ城の絵画

「シェーマス、あの絵、動いてるよ！」
ネビル・ロングボトム／『ハリー・ポッターと賢者の石』

ホグワーツ入学初日にハリーが体験する、夢のような魔法の瞬間の数々。『ハリー・ポッターと賢者の石』に出てくるそんなシーンの中でも特に印象的で、魔法界にすっかり入り込んだことをありありと示しているのが、大階段の壁に掛けられた動く絵画や肖像画に出会う場面です。現実世界には最新技術によるビデオや「動く写真」がありますが、実際に会話できる絵画を上回るものはまだ開発されていません。「小道具担当アートディレクターの大事な仕事のひとつは、肖像画について調査し、依頼して描いてもらうことだ」と装置監督のステファニー・マクミランは説明しています。映画シリーズでこの作業を担当した歴代の小道具アートディレクターは、ルシンダ・トムソン、アレックス・ウォーカー、ハッティ・ストーリーです。調査の対象は、あらゆる時代と様式にわたりました。「古典的なエジプト絵画から20世紀まで、まさに絵画の全歴史を調べた」と美術監督のスチュアート・クレイグは語ります。動かない絵画の多くは、君主や、文学、芸術、社交界の著名人の有名な肖像画が基になって

ホグワーツの大広間の壁に掛けられた絵画の数々。[左頁左]エリザベス・バーク。ボージン・アンド・バークスの創業者のひとりであるカラクタカス・バークの親類だと思われる。[左頁右上]デイム・アントニア・クリースワーシー（「デイム」は称号）。[左頁右下]パーシバル・プラット。高名な詩人。[上]『ハリー・ポッターと賢者の石』で行われた動く階段での撮影。撮影後の編集段階で足場と床をデジタル処理で取り除くか別の物に取り換えて最終ショットとし、動く絵画をはめ込んで合成する。[左]絵画の配置を一貫させ、シーンをブロッキングする（俳優の配置と動きを詳細に計画する）ため、白いボール紙製の模型が制作された。

ホグワーツ 53

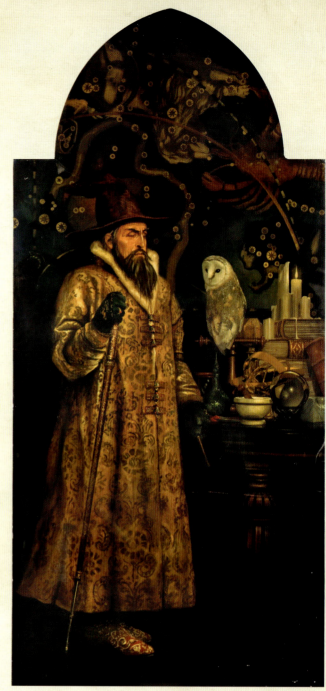

います。絵画はさまざまな工程で制作されました。「アーティストのひとり、サリー・ドレイは『まっさらな白いキャンバスに描きたい』と言い、題材を与えると一から描いてくれた」(クレイグ)。「ずる」をして制作されたものもあります。「写真を基に、アーティストが絵画風の質感を持たせ、古くなったニス仕上げのように見せる加工もして、油絵にしか見えない絵を作り出した」。映画第1作では10人のアーティストが推定200点の肖像画を描き、その後の映画でも物語の進行に応じてさらに肖像画が追加されました。

動く肖像画も制作方法は同じですが、さらに別の工程があります。コンセプトの原案ができたら、背景を描いてそれを撮影します。次に、動く人を演じる俳優が選ばれますが、スタッフが選ばれることもよくありました。さらに、衣装部が俳優の衣装を制作し、セットデザイン部が小道具部と協力して必要な舞台装置を準備し、第2班が緑色の背景の前で演技を撮影します。『ハリー・ポッターとアズカバンの囚人』から最終作まで衣装デザイナーを務めたジェイニー・ティーマイムは、この作業がとても楽しかったと言います。「肖像画の仕事は、16世紀や18世紀の魔法使いの小さな活人画を作ったり、古典的な絵画に魔法を使ったかのように人を入れたりして、楽しかった」

肖像画に描かれた人物の目線が、俳優や演技に対して正しく向くようにするため、まず、緑色のキャンバスを額縁の中に貼ってシーンの撮影が行われました。これで絵の中の人物がどの方向を見たらよいかが分かるので、それに基づいて、視覚効果チームが絵の人物を演じる俳優を撮影します。視覚効果チームによってすべてが合成されたら、次に、「動く肖像画にデジタル処理で質感を与え、光源を設定して影や反射を作る。古い油絵のようなひび割れの効果を出すこともよくある」と視覚効果プロデューサーのエマ・ノートンは言います。出来上がった肖像画がシー

[左上] スティーブン・フォレスト＝スミスによる『ハリー・ポッターと謎のプリンス』の絵コンテ。ハリー・ポッターがフェリックス・フェリシスを飲んだ後、誰にも気付かれずにホグワーツを抜け出すシーンが描かれているが、これは撮影されなかった。[右上・右頁右下] 校長（名前は不明）。[右] オルガ・ドゥギナとアンドレイ・ドゥギンが『ハリー・ポッターとアズカバンの囚人』の動く肖像画のために制作したカドガン卿のビジュアル開発アート。この勇敢な騎士のシーンは編集でカットされてしまった。[右頁右上] トム・リドルのホグワーツ在学時、秘密の部屋が初めて開けられたときに校長だったアーマンド・ディペット教授。[右頁左2点] 魔法生物飼育学の指定教科書『幻の動物とその生息地』の著者ニュート・スキャマンダー。

ホグワーツ 55

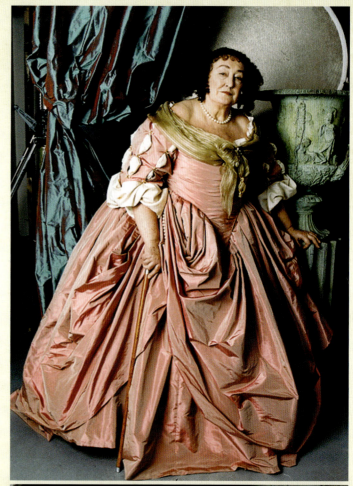

ンの背景になければならない場合は、複製して、動かないバージョンも制作しました。遠いので動いているかどうか見分けられないため、動きを付ける必要はないのです。階段のシーンで、登場人物と肖像画のやり取りがない場合は、壁の絵画のうち、動かしたのは少数だけでした。ノートンはこう語っています。「観客は登場人物に注目しているので、肖像画は見ていない。動きに目が行くと気が散ってしまうので、動いている絵は多すぎないほうがいい。会話や演技に反応を示す絵が多少あったほうがいいが、動く絵をそこに入れられるからという理由でただ入れるのでなく、物語を引き立てるというはっきりした目的がなければならない」

　肖像画の照明は非常に重要な役割を持っています。例えば、ダンブルドアの校長室の控室には、壁いっぱいにホグワーツの歴代校長の肖像画が掛かっていますが、窓に挟まれた高い位置にあるものが多いため、光源について慎重に検討することが必要でした。この部屋は天井が高いため、撮影監督のロジャー・プラットは光源を数種類使いました。「ろうそくは気が散ると前から思っていたので、照明に使いたくなかった。そこで石油ランプを使うことにした。テーブルの上や周りに置いて、温かみや柔らかさを少し出すことができる」とプラット。また、控室の上のほうは、冷たい月の光が窓からぼうっと差し込むような照明にしました。

　美術部、小道具部、衣装部が取り組んだもうひとつの作業は、『ハリー・ポッターと秘密の部屋』に出てきた闇の魔術に対する防衛術教授ギルデロイ・ロックハートの教室です。ここには、ロックハートがほかならぬ自分自身の肖像画を描いている大きな絵があります。絵の中の静止した肖像画は、アンソニー・ヴァン・ダイクが1638年に描いた作品を思わせます。大きいほうのロックハートは、他の動く肖像画と同じ方法で撮影されました。スチュアート・クレイグとステファニー・マクミランは当初、ロックハートが視覚効果で肖像画から出てきて教室に登場するという案を出しましたが、結局、「研究室から階段を下りてきて芝居がかった様子で入場し、絵の中の自分とただウインクを交わす」という形に落ち着きました。

[左上] 校長（名前は不明）。[右上]『ハリー・ポッターと賢者の石』の「太った婦人（レディー）」の肖像画のために、装飾したセットで全身を衣装に包んでポーズを取る女優エリザベス・スプリッグス。[右下]『ハリー・ポッターと秘密の部屋』より、自身の肖像画を描いているギルデロイ・ロックハート教授の絵。[右頁]『ハリー・ポッターと謎のプリンス』の物語の後で校長室に掛けられたアルバス・ダンブルドア教授（マイケル・ガンボン）の肖像画。

56　魔法グッズ大図鑑

58 魔法グッズ大図鑑

　シリーズのうち2作では、絵画の中の人物が額縁の中から大勢いなくなります。『ハリー・ポッターとアズカバンの囚人』では、シリウス・ブラックが城にいるかもしれないと聞いておびえて逃げ出し、『ハリー・ポッターと死の秘宝2』では、ホグワーツの戦いに恐れをなして逃げ出します。「これは、脚本の記述と監督のアイディアが合わさって生まれたものだ」とマクミランは言います。「(『アズカバンの囚人』では)アルフォンソ・キュアロン監督が、こっけいな場面や逃げる人々の動作を細かい部分まで注意深く考え抜いた。その後、アートディレクターのハッティ・ストーリーが、コンセプトアーティストと共に動きの基本計画を立て、それに従っていろいろな人物が絵から絵へと移動した」(マクミラン)。絵の遠近感には十分な注意が必要でした。エマ・ノートンは、「絵が変わると縮尺も変わるので、動きはとても複雑だった。縦横比が異なる絵へと移動するので、演技開始の合図の計画を細かく練る必要があった」と語っています。

　肖像画の題材には、俳優やスタッフのほか、映画の製作責任者や部の責任者も「魔法使いに仕立て上げられて」使われました。スチュアート・クレイグは、次のように語っています。「ダンブルドアの校長室には小道具主任のバリー・ウィルキンソンがいる。製作のデイビッド・ヘイマンとデイビッド・バロンは大理石の階段にいて、とても目立っている。私もそこにいる。『ハリー・ポッターとアズカバンの囚人』のアルフォンソ・キュアロンの奥さんと赤ちゃんの絵もあるし、アートディレクターのアレックス・ウォーカーの絵もある。『ハリー・ポッターと賢者の石』のクリス・コロンバス監督の肖像画は、制作はしたが映画には登場しなかった。本当に素晴らしい肖像画だったが」。それでも、コロンバス家の人物がひとり、ホグワーツの壁にいます。『賢者の石』で、花を持ち、ひざを曲げて1年生に会釈している少女を演じているのは、監督の娘バイオレット・コロンバスです。

[左頁右上]『ハリー・ポッターとアズカバンの囚人』のカットされたシーンより、グリフィンドール寮談話室の壁に掛けられた魔法使いのチェスの対戦の絵。美術、美術制作、セット装飾部のスタッフが協力して制作した。[左頁左上]魔女(名前が不明)。チェス対戦の絵の中の壁に掛かっている絵画のひとつだが、ホグワーツの壁にも掛かっている。[左頁下2点]校長2人(名前が不明)。[左上]コティスモア・クロイン。モデルはハリー・ポッター映画の製作者デイビッド・ヘイマン。[右上]ハリー・ポッター映画の美術監督スチュアート・クレイグは、「ヘンリー・バンブルハフト」に扮し、大階段の壁で不朽の名声を与えられている。[左端]花を持つ少女。モデルはクリス・コロンバス監督の娘バイオレット・コロンバス。[左]『週刊魔女』の創始者トビアス・ミスルソープ。モデルはハリー・ポッター映画の小道具主任バリー・ウィルキンソン。

ホグワーツ 59

第2章

賢者の石

「あっそうか！ 石を守っているものがほかにもあるのね？
呪文とか、魔法とか」

ハーマイオニー・グレンジャー／『ハリー・ポッターと賢者の石』

賢者の石探し

「恐るべき力を持つ伝説の物質。いかなる金属をも黄金に変え、飲む者を不老不死にする『命の水』を生み出す」とハーマイオニーが説明した魔法の物体、「賢者の石」。『ハリー・ポッターと賢者の石』は、ハリー、ロン、ハーマイオニーがこの石を探す物語です。ホグワーツの教授たちは、賢者の石がヴォルデモートの手に渡るのを防ぐため、賢者の石を隠し、石を守る4つのわなを仕掛けました。わなは、三頭犬フラッフィー、不意打ちを仕掛けてくる植物「悪魔の罠」、羽の生えた鍵を使わないと開けられない扉、そして、勝たなければ次に進めない等身大のチェスです。まだ肉体を持っていないヴォルデモートは、クィリナス・クィレル教授の体に乗り移って、すべてのわなを通過しました。次々と待ち受ける試練に、ハーマイオニーは呪文の知識、ハリーは箒で飛ぶ才能、ロンは魔法使いのチェスの腕前というそれぞれ個性的な技能を発揮して、乗り越えていきます。

ほとんどがデジタル効果のフラッフィー（よだれは特殊効果）は、音楽でおとなしくなります。悪魔の罠の触手に巻き付かれたハリーとロンは、ハーマイオニーが光を出してくれて助かりました。悪魔の罠は、意外にも特殊効果で制作されています（デジタル効果だと膨大な費用がかかってしまうため）。俳優につるを巻き付けてから、悪魔の罠の下にいる操演スタッフがつるをゆっくり引っ張って外し、それを撮影したものを逆再生すると、つるが俳優に巻き付いていくように見えるのです。

羽の生えた鍵

「不思議。こんな鳥、見たことない」
「鳥じゃない。鍵なんだ」
ハーマイオニー・グレンジャーとハリー・ポッター
『ハリー・ポッターと賢者の石』

フラッフィーをかわし、悪魔の罠をすり抜けて下に落ちたハリーたち。賢者の石を目指す3人を待っていた次の関門は、鍵のかかった扉でした。ハーマイオニーは「アロホモラ」の呪文を試しましたが、うまくいきません。ロンとハリーは、部屋を飛び交う羽の生えた鍵の大群の中から正しい鍵を見つけて捕まえなければならないと気付きます。鍵のデザインは比較的シンプルですが、視覚効果スーパーバイザーのロバート・レガートはこう語っています。「恐ろしくて荒々しい感じにしなければならないが、行きすぎは避けたかった。美しい外見にすれば怖さが薄れてくる」。デジタル・アニマティック（コンピューターで制作した動く絵コンテ）で最終デザインのテストと承認が終わると、たくさんの鍵が鳥の群れのように一斉に飛び回る場面が制作されました。扉を開ける鍵の羽は、玉虫織りのシルクで作られています。

[3頁前] 実物大の魔法使いのチェスで、ナイトの馬に乗って指示を出すロン・ウィーズリー。第1作の映画で、ロンはハリーを勝たせて賢者の石を手に入れさせようと、自分の駒を犠牲にした。[左頁上] 悪魔の罠に落ちたロン、ハーマイオニー、ハリーのスチール写真。[左頁下] チェス対戦の関門が待っている部屋にたどり着いたハリー、ハーマイオニー、ロン。シリル・ノンバーグによるビジュアル開発アート。[頁上] ガート・スティーブンズによる羽の生えた鍵のコンセプトアート。[上] 羽の生えた鍵の大群の中を箒で飛ぶハリー。[右端] 鍵の掛かった扉を開けるのに使われた、羽の生えた鍵の小道具。

賢者の石 63

チェスの駒

「見りゃ分かるだろ。チェスをして向こう側に行くしかない。よし、ハリー、君はビショップの位置について。ハーマイオニー、君はクイーン側のルークだ。僕はナイトになる」

ロン・ウィーズリー／『ハリー・ポッターと賢者の石』

ハリーがヴォルデモートと対決する前の最後の関門は、魔法使いのチェスの対戦です。クリス・コロンバス監督は、「どんな動作もデジタル効果でなく特殊効果を優先する」という方針だったので、特殊効果部と小道具部は喜んでそれに従いました。32個のチェスの駒の実物大模型（高さ4メートル、重さ230キロ近くに達するものも）が粘土で形作られ、用途によってさまざまな材料で駒が成型されました。小道具部では、剣、こん棒、よろいや、ビショップの武器である司教杖も制作しました。「次に、駒を動かせるようにするのだが、大きくて重いし、台座がとても小さいので大変だった」と特殊効果スーパーバイザーのジョン・リチャードソンは言います。リチャードソンはチームとともに駒に装置を取り付け、無線で操縦できるようにしました。「馬を前に進めて止め、さらに横に進めて止めるのも正確にできた」

視覚効果プロデューサーのエマ・ノートンはこう語っています。「セット上の駒は完全に作り込まれ、チェス盤の上を動かすこともできるが、関節はない。だから、盤上をただ進む以外の動きをしている駒は、CGで

[左下・右上] 黒のポーンとクイーン側のルークの駒のビジュアル開発アート。シリル・ノンバーグとラビ・バンサル制作。[右下] キングの駒に最後の仕上げをしているところ。[右頁] 白のルーク、ナイト、ビショップ、ポーンの駒のクローズアップ参考写真。駒の一部は無線操縦で動かした。

作られている。CGは、模型をできるだけまねて制作した。模型は、撮影して画面に取り込めるように塗装してあるので、模型を撮影し、サイバースキャンする。表面の質感は、小道具や美術制作部から渡された物の質感を基に作り出す。それからCGモデルを作って、その質感で覆う。これで、実物同然に見える」

チェスのシーンでは、駒が敵に取られると爆発するので、子役たちが爆発や飛び散る破片にさらされないようにすることが大きな課題でした。リチャードソンとそのチームは、爆薬の代わりにリモコン式の圧縮空気装置を使い、厳密に制御しながら駒を爆発させました。「セットでは炎や煙も使った。空気、炎、爆発音など、特殊効果で使ういろいろな要素を少しずつ全部使ったことになる」とリチャードソンは説明しています。爆発の後に見える「破片」は、駒を壊したものではなく、一つひとつ造形し、型を使って制作したものです。また、シーン撮影後にデジタル効果でちりや残骸も加えました。チェス盤のマスの「大理石」は、おけに入れた水に油性塗料を注ぎ、色が渦巻き状になったら紙を浮かべて模様を写し取るという、広く知られた絵画技法を使って制作されました（使われたのは1.8メートル四方のタンクでした）。これを何枚も作り、一番よくできたものをスキャンして、デジタル処理できれいにしてから、セットに敷きました。ルパート・グリント（ロン・ウィーズリー）は、振り返ってこう語りました。「すごいセットだった。自分たちの周りで駒が次々にたたき壊されて爆発する、とてもかっこいいシーンだった。乗っていた馬の破片を今でも持っているよ」

[左上・右下・右頁上] シリル・ノンバーグとラビ・バンサルによる魔法使いのチェスの駒のコンセプトアート。さまざまな武器、姿勢、太さを試している。[右上] 高さ4メートルの白のクイーンに近づくハリー・ポッター。『ハリー・ポッターと賢者の石』のセットで撮影された参考写真。[右頁下] チェス盤の両側の後方には、取られて爆発した駒が積まれた穴があった。

賢者の石 67

賢者の石

「賢者の石を持っている私が見える。
だが、どうやって手に入れる？」
クィリナス・クィレル／『ハリー・ポッターと賢者の石』

第1作の映画で最も重要な小道具は、何と言っても、題名になっている「賢者の石」。デザイン部が賢者の石の外見のイメージについてJ.K.ローリングに聞くと、ローリングは「ルビーの原石」と答えたそうです。小道具用の石はプラスチックでいくつか制作されましたが、ルビーと言うより大きなキャンディーのように見えてしまいました。そこで、本物の宝石のようなきらめきを出すために使われたのが、照明の基本に立ち返ったトリック。撮影するときにカメラの上に小さな炎を置き、その揺らぐ光の反射で石がきらめいて見えるようにしたのです。

みぞの鏡

「鏡が見せてくれるのは、心の一番奥底にある
一番切実な望みにほかならない」
アルバス・ダンブルドア／『ハリー・ポッターと賢者の石』

みぞの鏡は、合体したクィレル教授とヴォルデモート卿をハリーが倒すうえで重要な役割を担いますが、ハリーが鏡に初めて出会ったのは、図書室の閲覧禁止の書棚で賢者の石の所有者ニコラス・フラメルについて調べていて邪魔され、逃げたときでした。みぞの鏡には、さまざまな建築様式が混ざっています。両端はコリント式の柱で、その内側に、結び目模様で装飾した短いドーリア式の柱があります。主な様式はゴシックで、大きさの順に並んでいる7つの尖頭アーチが、大きなアーチに囲まれています。（7という数は魔法界でよく見られます。）その上には、シュロの葉をかたどった模様で装飾した三角形のアーチがあり、これが一番上の2本のオベリスクを支えています。最も大きいアーチに書かれている言葉は、「Erised stra ehru oyt ube cafru oyt on wohsi」です。これは魔法の言葉ではなく、「I show not your face but your heart's desire」（私はあなたの顔ではなくあなたの心の望みを映す）という文の文字の順を逆にし、区切り方を変えたものです。小道具は、さまざまな用途や撮影中の破損に対応するため、通常は同じ物を複数制作しますが、みぞの鏡はたった1点しか制作されませんでした。

[右上] 思いがけずズボンのポケットの中に現れた賢者の石を持つハリー。『ハリー・ポッターと賢者の石』のスチール写真。[左上] 賢者の石のクローズアップ。[上] みぞの鏡に映った自分の姿を見るクィレル教授（イアン・ハート）。[右頁] みぞの鏡の小道具参考写真。

68　魔法グッズ大図鑑

賢者の石　69

第3章

三大魔法学校対抗試合

「ホグワーツは、伝説の催しである
三大魔法学校対抗試合を主催することとなった」

アルバス・ダンブルドア
『ハリー・ポッターと炎のゴブレット』

炎のゴブレット

「対抗試合に名乗りを上げたい者は、羊皮紙に自分の名前を記して、この炎の中に投げ入れるのじゃ。
軽々しい気持ちで入れるでないぞ。選ばれれば後戻りはできぬ」

アルバス・ダンブルドア／『ハリー・ポッターと炎のゴブレット』

ヨーロッパの三大魔法学校であるホグワーツ魔法魔術学校、ボーバトン魔法アカデミー、ダームストラング魔法学校は、何百年も前から、三大魔法学校対抗試合という危険な競技会を開催してきました。各校の代表選手は、勇敢さ、狡猾（こうかつ）さ、魔法の才能を試す3つの課題で競い合います。競技会の幕開けを告げるのは、炎のゴブレットの公開です。各校の代表選手として名乗りを上げたい者は、ここに自分の名前を入れるのです。披露される炎のゴブレットは最初、金箔と宝石で装飾された箱に入っています。この箱のデザインをするために、美術監督のスチュアート・クレイグとグラフィックアーティストのミラフォラ・ミナは、中世の建築や、イングランド国教会、ロシア正教会の装飾について調査し、それを混ぜ合わせました。ミナは、「このようなさまざまなものからヒントを得て、アーチを積み重ねた構造を思い付いた。また、教会のモザイクのように、宝石でいっぱいにしたいと思った。そうすれば周りの光を受けて輝くから」と語っています。小道具制作のピエール・ボハナは、ルーン記号や錬金術の記号を刻んだ箱を、部分ごとに分けて成型し、金箔や色を塗った宝石など、光を反射する素材をさまざまに散りばめました。「聖遺物箱によく似ているが、今まで誰も見たことがないようなものだ」とクレイグは語っています。箱が見えているのはほんのわずか

な時間で、その後、溶けるようになくなり、中からゴブレットが現れます。ミナはこのシーンが特殊効果でできるか聞かれたそうですが、すぐに「デジタル処理のほうが簡単だ」という結論になりました。「でも、箱は正真正銘の本物。私が苦労して大広間に運び込んだんだから」とミナは語りました。

炎のゴブレットは、ごく小さい宝石を散りばめた金属製の小ぶりのものにしようというのが、クレイグの当初の考えでした。しかし、調査をした結果、「要するに、ゴシックの模様で装飾したゴシック様式の巨大な木製のカップになった」とクレイグは言います。「こぶやねじれ、節、割れのある最高の木材を見つけた。これを使えば、とんでもなく古いものが命を持った存在だということを印象付けられる」。ピエール・ボハナはチームとともに、ヨーロッパニレの木の幹を彫り、プラスチックで成型した部品も足して、高さ1.5メートルのゴブレットを制作しました。ミナが思い付いたアイディアは、「ゴブレットの丸い底のところまで木がはい上っている。下半分が木なので、いまだに伸び続けているような気がする」というものでした。クレイグはこう語っています。「私のイメージは、『完成半ば』だ。半分建築、半分自然で、彫り終わっていない感じだ。近くでよく見ると細部が素晴らしいが、全体の輪郭も素晴らしいと思う」

三大魔法学校対抗試合優勝杯

「ただ一人だけが、勝利の証、優勝の印として掲げることができるのじゃ。この三校対抗試合優勝杯を！」

アルバス・ダンブルドア／『ハリー・ポッターと炎のゴブレット』

三大魔法学校対抗試合優勝杯はかなり古いもので、炎のゴブレットに似た、生き物のようなたたずまいのデザインですが、その光る職人技にも心を奪われます。ミラフォラ・ミナは調査をしていく中で、マグルと魔法使いの中間のようなデザインの杯が過去に存在したことを知りました。そして、参考にした遺物や聖杯のデザインに、ドラゴンが非常に広く見られることに気付いたそうです。「三校対抗試合優勝杯」の「三」は、参加する3校を表す3頭のドラゴンと、優勝杯の形を作っている3枚のクリスタルの板で表現されています。優勝杯の実際の制作を依頼された小道具制作のピエール・ボハナは、ミナのコンセプトのおかげで、金属部分のはっきりしたイメージをすぐに描くことができたそうです。「銀や、完全すぎるものは避けたかった。とても古い、重量のある鋳物のように見せたいと思った。銀仕上げではそれができない」。ボハナは、鉛のような仕上がりになるように合金を混ぜ合わせ、望みどおりの青みがかった灰色にする製法を見つけました。優勝杯には各部品に型があり、用途によって異なる素材で部品を作ることができます。移動（ポート）キーとして使われる優勝杯は、空中に投げ出されるため、ゴム製です。金属製や樹脂製のものもあります。3枚のクリスタル板には、「Triwizard」（三大魔法学校）という言葉を分割した「TRI」「WIZ」「ARD」の文字がそれぞれエッチングで刻まれています。このクリスタル板は、「未完成」という点で炎のゴブレットと似ています。「クリスタルの中にある図案化した炎とシダのような細かい模様が、生き物のようにどんどん大きくなっていくような感じがする」とミナは言います。ボハナは、お互いに反応する薬品を何種類か混ぜ合わせて使い、ひびや割れが入ったような見た目を作り出しましたが、この効果を出すのに使った特別な材料は、なんと「ラップ」だったそうです。「紙吹雪のように小さく切ったラップを加えると、薬品が反発し合う」。このアイディアは、ひだや割れ目のある天然素材を分析していて浮かんだということです。「答えはいつも自然の中にある」とボハナは語りました。

[3頁前] 三大魔法学校対抗試合の代表選手に、第2の課題に必要な重要なヒントを教えてくれる金の卵（ただし、開け方が分かれば）。ミラフォラ・ミナが『ハリー・ポッターと炎のゴブレット』用に制作したコンセプトアート。[左頁上] ゴブレットが入っているきらびやかな箱のスチール写真。[左頁下] 実際に制作された炎のゴブレットを側面から撮った写真。[下] 各校の代表選手の名前が書かれ、炎のゴブレットに入れられた、4枚の紙切れ。[右] 三大魔法学校対抗試合優勝杯の小道具参考写真。

三大魔法学校対抗試合　73

トロフィー

「なんとカリスマ的な4人組」
リータ・スキーター/『ハリー・ポッターと炎のゴブレット』

ホグワーツのトロフィールームは、『ハリー・ポッターと炎のゴブレット』に少しだけ登場します。大広間で三大魔法学校対抗試合の代表選手が発表された後、選手たちが集まったのがこの部屋です。何百というトロフィーが所狭しと置いてあるこの部屋は、見覚えがあるかもしれません。この部屋は、『ハリー・ポッターと不死鳥の騎士団』では改装されて必要の部屋になり、『ハリー・ポッターと謎のプリンス』ではホラス・スラグホーンの研究室として使われました。小道具部は本からアイディアを得て、トロフィーを一から作ったり、購入したトロフィーを魔法界風に改造したりしました。クィディッチのトロフィーのほか、魔術優等賞メダル、ホグワーツ特別功労賞や、変身術、チェス、魔法薬学での優秀な成績、勇敢な行為、努力を称える額や盾も作りました。

自動速記羽根ペン

「自動速記羽根ペンを使ってもいいかしら？」
リータ・スキーター／『ハリー・ポッターと炎のゴブレット』

『日刊予言者新聞』の記者リータ・スキーターの怪しげな取材戦術は、『ハリー・ポッターと炎のゴブレット』で三大魔法学校対抗試合の最年少代表選手ハリー・ポッターにインタビューするときによく分かります。スキーターが使う自動速記羽根ペンは、相手が言ったことをねじ曲げて興味本位に書き立てるペンです。ペン先が生きているように動き、そこから伸びる羽根はどぎつい緑色に染められて、スキーターの服を引き立てています。

[左頁]（右上から時計回り）トロフィールームの制作参考写真。クィディッチのシーカー2人に授与されたトロフィーと、レイブンクロー寮の優勝トロフィー。セットに置くトロフィーのリスト。[左上] 三大魔法学校対抗試合の第1の課題のときにリータ・スキーターに同行した『日刊予言者新聞』カメラマンが使用したカメラ。[右下] 自動速記羽根ペンとリータ・スキーターのメモ。[左下]『ハリー・ポッターと炎のゴブレット』で、代表選手のテントの中のセットに立つミランダ・リチャードソン（リータ・スキーター）。

三大魔法学校対抗試合　75

金の卵

「探しにおいで 声を頼りに 地上じゃ歌は歌えない 探す時間は一時間 取り返すべし 大切なもの」
水中人（マーピープル）のヒント／『ハリー・ポッターと炎のゴブレット』

三大魔法学校対抗試合の第1の課題は、ドラゴンが守っている金の卵を奪うことでした。卵を開けると、卵が第2の課題のヒントを教えてくれます。デザイナーのミラフォラ・ミナは、まず、卵の外側の装飾をかなりフォーマルなものにしようと決めました。「都市がエッチングで描かれている。伝説上の都市や魔法の都市ではなく、歴史上存在したどこかの都市だろうと思う」。ミナがいいと思ったアイディアは、「卵の外側にほうろうをかけたように見せ（ただし実際は違う）、そこに錬金術の記号をエッチングする」というものです。『ハリー・ポッターと炎のゴブレット』の本には、卵の中身が歌だったと書いてあります。「だから、この世の物とは思えないような物にしようと思った。歌が中に入っているのか、表面にあるのか、よく分からない物がいい。そこで、クリスタルのオブジェを考えて、中で何かが起こっているようなのに、何が起こっているのか分かりにくいようにした」とミナは語っています。

ミナが映画シリーズでデザインに取り入れようとしたもうひとつのテーマは「発見」。金の卵をデザインするうえで、ミナが調査したもののひとつは、『ファベルジェの卵』です。これは、1880年代から20世紀初期までロシアの皇帝一族のために作られた金と銀の卵形の工芸品で、殻を開くと、宝石や七宝焼で作られた光景が現れます。「何かを発見するには努力が必要だと思う」とミナは言います。金の卵が開く仕掛けは特殊効果です。「実はとても単純な仕掛けだ。正しい暗号を知っているときのように、自動的に勢いよく開くようにしたかった」（ミナ）。ミナは、3つの羽の上に小さなフクロウの頭が載っているデザインにしました。羽の数は、三大魔法学校対抗試合にちなんでいます。「それに、奇数のほうが絶対面白いので、3つに割れるようにしようと思っていた。普通に卵を半分に割るようなことはしたくない！」金の卵の中はちょうつがいで留められていてレバーがあり、一番上の層が回転して持ち上がると、3枚の金属製の翼が外れて開きます。卵の外側は金メッキを施しています。小道具制作のピエール・ボハナは、「この小道具や

他の小道具は特別視されている物なので、金メッキをよく使った。安くはないがそれほど高くもないし、とてもうまく画面に映る。金メッキのような光の反射は、塗装では出せない」と語っています。

卵の上部を回すと、「中から次の層が現れるように感じられる」とミナ。「外側の殻と内部を対比させたかった。中は、ある意味、本当に生きているように見える。卵の中の泡は、「普通の意味の泡ではない」とボハナは言います。この「泡」は、アクリルで作った小さな球が、合成樹脂で作った卵の中身に浮遊しているものです。ボハナは「使った樹脂に限らず、どんな物質でも、液状から固い状態に変化すると、普通は収縮か膨張が起こる。使った合成樹脂は球にくっつかず、収縮して球から離れるので、ものすごく説得力のある泡ができた」と説明しています。この工程では、真珠のような光沢を持つ顔料も加えました。この顔料自体が液体から固体に変化するのですが、そのときに溶液の中で渦のようになるのです。「顔料がうまくからまって渦や流れのような動きを生み出しながら固まっていき、深く沈みすぎてしまう前に止まるように、成型主任のエイドリアン・グトリーが、最適なタイミングで顔料を入れることに成功した」

卵は、水に沈めるシーンを何度も繰り返し撮影しなければならないので、完全防水になっています。また、重さは4.5キロ以上あります。「ちょっと油断すると、あっという間に底に沈んでしまう」とボハナ。水中で開くときに卵が倒れないように、ダニエル・ラドクリフ（ハリー・ポッター）は、見えないプラスチック製のクリップを片手に付けていました。このクリップは卵に付けたクリップとつながっています。これで指が自由になり、両手を使わなくても卵を持つことができるようになりました。

[左頁] 開いた金の卵を上から見たところ。デザイナーのミラフォラ・ミナが『ハリー・ポッターと炎のゴブレット』用に制作したコンセプトアート。[上] 金の卵の参考写真。小道具制作者は、小さなアクリルの球と真珠のような光沢を持つ顔料を樹脂の型の中に漂わせて、泡のような素晴らしい効果を生み出した。

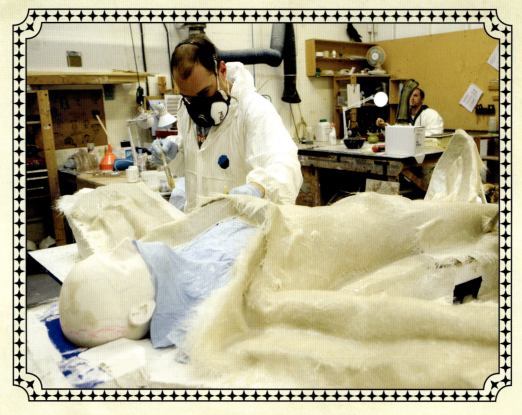

人体の型取り

「昨夜、代表の諸君は、ある物を盗まれた。宝のような物じゃ。
4人から盗まれた4つの宝は今、黒い湖の底に眠っておる」

アルバス・ダンブルドア／『ハリー・ポッターと炎のゴブレット』

　三大魔法学校対抗試合の第2の課題は、黒い湖の濁った水の中で行われました。魔法をかけられて水中人の村で眠りながら漂っている大切な人を救出するというのが、代表選手に与えられた課題です。「撮影する3週間、ずっと俳優をタンクの底に縛り付けておくわけにはいかなかった！」と語ったのは、ハリー・ポッター映画シリーズの特殊メイク効果アーティスト、ニック・ダドマン。そこで、4人の俳優の型を取り、それを使って、水に沈める代役の人形を制作したのです。

　人体の型取りは、映画製作の歴史の初期にさかのぼる技法ですが、現在でも、かつてないほど広く行われています。型取りは、複雑なメイクのために装具が必要な場合や、代役のスタントマンに元の俳優の顔のマスクを着けたい場合に行われますが、現在では、アニマトロニクスやコンピューター効果用にも型取りが必要となっています。「その理由は、実はとても簡単なことだ」とダドマン。「人間のサイバースキャンが必要なことがよくあるが、人間はレーザーでスキャンするときにどうしても動いてしまう。完全に動かないというのは無理だ。カップをスキャンして制作すれば、完璧に複製できるが、人間の頭をスキャン会社にスキャンしてもらったのを見ると、ぼやけて細部がにじんでいるのが分かる。カメラが回ったり上から下に動いたりしている間に、人はわずかに動いてしまうのだ。だが、人体の型取りをしてそれをスキャンすれば、絶対に動かないので、CG担当者は質が10倍高いデータを手に入れることができる」

　型取りの工程は長年の間に進化してきましたが、基本的な材料である歯科用のアルギン酸塩は、現在でも主な材料として使われています。まず、材料が髪に付かないように俳優の頭にプラスチック製の帽子をかぶせます。次に、粉末状のアルギン酸塩を水と混ぜます。3分たつと、ゴムのような硬さになります。「完全に固まる前に、頭部と肩全体や全身など、必要な部分に塗り付ける」とダドマン。このとき、呼吸するための穴を作ります。次に、アルギン酸塩が乾くまで固定するため、ギプス包帯で覆います。「完全に固まったら、前もって決めておいた継ぎ目で切り分け、俳優を型から出し、分けたものを組み直し、石膏を注いで完璧な複製を作る。昔ながらの方法だが、いまだにこれを超えるものはない。石膏は必要なデータをくれる最高の素材だ。途方もなく細かな肌の質感をすべて再現してくれる。そばかす、毛穴、しわの一つひとつまでだ」（ダドマン）。この石膏の型を基に、用途に応じてさまざまな素材を使って複製を作り、まつ毛やまゆ毛、頭髪を1本1本植え込んでから、精巧に塗装します。「きちんとできていれば、本物そっくりになる」（ダドマン）

　ハリー・ポッター映画では、シリーズ第1作から主な出演者の型取りが行われましたが、他の映画と違うのは、子役が文字どおり成長していくため、続編の撮影が始まるたびに、型取りをやり直さなければならなかったことです。また、物語の都合上、型取りがどうしても必要になる場合もありました。『ハリー・ポッターと秘密の部屋』では、ホグワーツの地下にある部屋から蛇のバジリスクが解き放たれます。バジリスクの

目を見た者は石化してしまい、解毒剤で息を吹き返すまで動けなくなります。犠牲者のコリン・クリービー、ジャスティン・フィンチ・フレッチリー、ほとんど首無しニック、ハーマイオニー・グレンジャーを演じる俳優が、撮影中に身動きせずずっと横たわったり立っていたりするのを何度も繰り返すことは無理なので、型取りが役に立ちました。ただし、石化した猫ミセス・ノリスはアニマトロニクスです。

第4作でも、水中のシーンで、ロン・ウィーズリー、ハーマイオニー・グレンジャー、チョウ・チャン、そしてフラー・デラクールの妹、ガブリエールの代役の人形が必要でしたが、多少動いているように見えなければならないという条件がありました。そこで、俳優を型取りしたものを使って、アニマトロニクスの人形を作り、中に浮揚タンクを入れました。このタンクは空気の出し入れが可能なので、ゆらゆらと漂っているように見せることができ、人形の口からあぶくを出すこともできます。また、人形が入っている水槽の外から人形の体内に水を入れることも行われました。水は体内で移動しますが、ゆっくり移動するので、穏やかで自然な動きが生まれます。

登場人物が宙に浮く場合にも型取りが使われました。例えば、『ハリー・ポッターと謎のプリンス』のケイティ・ベルや、『ハリー・ポッターと死の秘宝1』のチャリティ・バーベッジです。視覚効果プロデューサーの

エマ・ノートンもニック・ダドマンと同じようなことを思ったようで、「毎日10時間の撮影中、ずっと逆さづりにしておくわけにはいかない！」と語っています。作られた人形は機械仕掛けになっていて、体をよじり、苦痛の表情を見せることができます。『ハリー・ポッターと謎のプリンス』では、マイケル・ガンボンを型取りして2体の人形が作られました。ダンブルドアが塔から落ちた後、ハグリッドが遺体を抱えてホグワーツの校庭を歩くことになっていましたが、ハグリッドは半巨人なので、2人の大きさの差を表すために、縮小したダンブルドアの人形も必要になったのです。また、遠くから撮影するときに実物大のハグリッドを演じたマーティン・ベイフィールドは、ただでさえ重い衣装やアニマトロニクスを装着していたため、ダンブルドアの人形はできるだけ軽く作ることが必要となりました。このシーンは結局、撮影しないことになりましたが、ダドマンのスタッフは、この作業で得た知識を生かし、『ハリー・ポッターと死の秘宝2』で、死んだと思われてハグリッドに運ばれるかなり小さいサイズのハリー・ポッターを制作しました。

[左頁]『ハリー・ポッターと謎のプリンス』用に行われた型取りの初期段階。アルギン酸塩の型を外した後、繊維強化プラスチックの布で型を覆って安定させてから、石膏を流し込む。[左]『ハリー・ポッターと炎のゴブレット』用に型取りで制作されたハーマイオニー・グレンジャーの人形。内部に浮揚タンクを装着し、水中を漂い口からあぶくを出しているように見せることができる。[右上]第2の課題では、長期の撮影期間中、4人の生徒を水中に浮遊させておくことが必要となり、人形が代役をつとめた。[右中]『ハリー・ポッターと死の秘宝2』で、死んだと思われたハリー・ポッターをホグワーツの中庭へ運ぶハグリッド。

三大魔法学校対抗試合　79

第4章

箒
<small>ほうき</small>

「見ろよ、これ。新型のニンバス2000だ！
史上最速のモデルなんだよ！」

<small>ダイアゴン横丁の高級クィディッチ用具店にいた少年/『ハリー・ポッターと賢者の石』</small>

魔法の世界を舞台にした物語に必ずと言っていいほど登場する物、それが空飛ぶ箒です。ハリー・ポッターにとって、箒の乗り方を覚えることは、魔法社会の通過儀礼のようなもの。魔法界の人気競技クィディッチの腕前が優れていたおかげで、ハリーは仲間たちとの絆を深めることができました。コンセプトアーティスト、デザイナー、小道具制作担当者は、昔ながらの箒に新しい趣向を取り入れる作業に取り組みました。

『ハリー・ポッターと賢者の石』で初めて飛行訓練を受ける1年生たちが使っている箒は、ごつごつと節くれだって曲がり、ホグワーツと同じくらい古く見えます。しかし、見栄えよりも一番大事なのは乗る人の腕前で、ハリーは優れた才能をすぐに発揮しました。ハリーは箒を手に入れたり失ったりしますが、これは、人格を形成し人間関係を築くという、物語上の要素として使われています。例えば、『賢者の石』で、初めての飛行訓練中にマクゴナガル教授がハリーの生まれつきの才能に気付き、ハリーがグリフィンドールのクィディッチチームの新しいシーカーになったとき、教授はハリーに、当時最高の箒、ニンバス2000を贈りました。また、『ハリー・ポッターとアズカバンの囚人』で、ディメンター（吸魂鬼）の影響を受けやすいハリーが試合中にディメンターに攻撃されたために、その箒が壊れて駄目になってしまったときには、シリウス・ブラックが、さらに高性能のファイアボルトをプレゼントしてくれました。名付け親のシリウスから贈られたこの箒は、新しい絆で結ばれた2人の親子愛をはっきりと象徴するものです。

ニンバス2000もファイアボルトも、箒作りの技術を極めたもので、空気力学に基づいた構造を持ち、穂先がきれいに整えられています。「これは、子役が持ち歩く小道具というだけではない。上に座れる必要もあるし、特殊効果を使った撮影では、動きを制御する土台に取り付けて、飛んでいるかのように曲がりくねらせたりする必要もある。だから、とても細く、ものすごく丈夫に作らなければならなかった」とピエール・ボハナ。軽量でしかも強くするため、航空機にも使われる高品質のチタンを使った芯を入れ、その周りをマホガニー材で覆っています。穂はカバノキの枝で、性能が高い箒には滑らかな枝が使われます。箒の乗り心地を良くするため、第3作『ハリー・ポッターとアズカバンの囚人』では、足を載せるペダルや自転車のサドル（ローブで隠れる）も付けられました。（さらに、クィディッチのユニフォー

[3頁前] 不死鳥の騎士団の団員ニンファドラ・トンクスの箒の細部。[左頁] クィディッチ用の箒ニンバス2000とニンバス2001をそれぞれ持って見せるダニエル・ラドクリフ（ハリー・ポッター）とトム・フェルトン（ドラコ・マルフォイ）。『ハリー・ポッターと秘密の部屋』の宣伝スチール写真。[左頁背景]『ハリー・ポッターと謎のプリンス』で使われた箒の設計図。アマンダ・レガットとマーティン・フォーリー制作。[上] ファイアボルト。[下]『謎のプリンス』の撮影で、青い幕で覆った特別な部屋で演技の開始の指示を待つ（左から）フレディー・ストローマ（コーマック・マクラーゲン）、ダニエル・ラドクリフ（ハリー・ポッター）、ボニー・ライト（ジニー・ウィーズリー）。箒はコンピューター制御のアーム装置に載っている。

箒 83

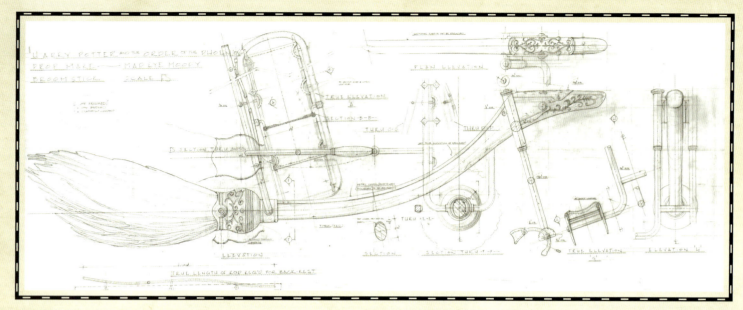

ムのズボンのお尻の部分にパッドが付けられました)。このサドルは特別に成型されたものです。視覚効果スーパーバイザーのジョン・リチャードソンはこう語っています。「俳優にひとりずつ来てもらい、自分の箒に乗って飛ぶ姿勢を取ってもらってお尻の型を取り、それを箒に取り付けた。だから、みんな自分だけの箒だけでなく、型取りして作った自分だけのサドルを持っていたことになる」

『ハリー・ポッターと不死鳥の騎士団』に登場する騎士団の団員の箒は、役の性格にそれぞれ合わせて作られています。コンセプトアーティストのアダム・ブロックバンクはこう語っています。「確か、マッド・アイ・ムーディの『イージー・ライダー』風の箒のスケッチをスチュアート・クレイグに見せたと思う。チョッパー(改造バイク)のように足を前にして乗るものだ」。クレイグはこのコンセプトを練り直し、2人の間で絵のやり取りが数回行われ、2人が納得する最終版ができました。「素晴らしい出来だった。(映画では)あまり見えないが。座り方がほかの人と違うのが分かるだろう」。

ブロックバンクは、ほかにも数本の箒を考案しました。リーマス・ルーピンは貧しい役柄なので、箒は無造作で粗削りな見た目にしました。ニンファドーラ・トンクスの箒は、初期段階ではリボンなどの飾りが付いていました。トンクスの最終的な箒は、穂にさまざまな色の枝を使ったものになりました。トンクスを演じたナタリア・テナは、この「汚らしい」見た目がとても気に入りました。「みんな、撮影が終わると自分の杖を記念に欲しがったけど、私が欲しいと思ったのは箒だった」とテナ。ブロックバンクは、前作の『ハリー・ポッターと炎のゴブレット』で、クィディッチのブルガリア代表チームのシーカー、ビクトール・クラムの箒をデザインしました。「クラムには特別な箒をデザインした。クィディッチは動きが速いので、気付かないかもしれない。他の箒より流線型で、上側はほとんど平らで、下側は背骨のような支えになっている。上側と下側では色が違う」とブロックバンクは説明しています。

[上] アラスター(マッド・アイ)・ムーディの箒の設計図。[右中] 小道具制作作業室にあった箒のクローズアップ。[右下] ムーディの箒を描いたさまざまな図。アダム・ブロックバンク制作。[右頁](上から)飛行中のニンファドーラ・トンクス、キングズリー・シャックルボルト、アラスター(マッド・アイ)・ムーディのビジュアル開発アート。アダム・ブロックバンクが『ハリー・ポッターと不死鳥の騎士団』用に制作。

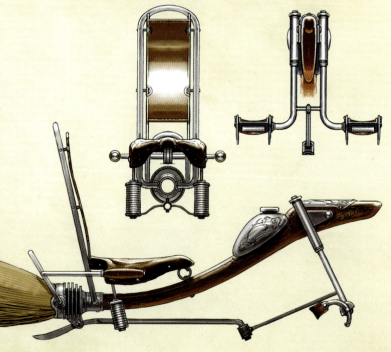

84　魔法グッズ大図鑑

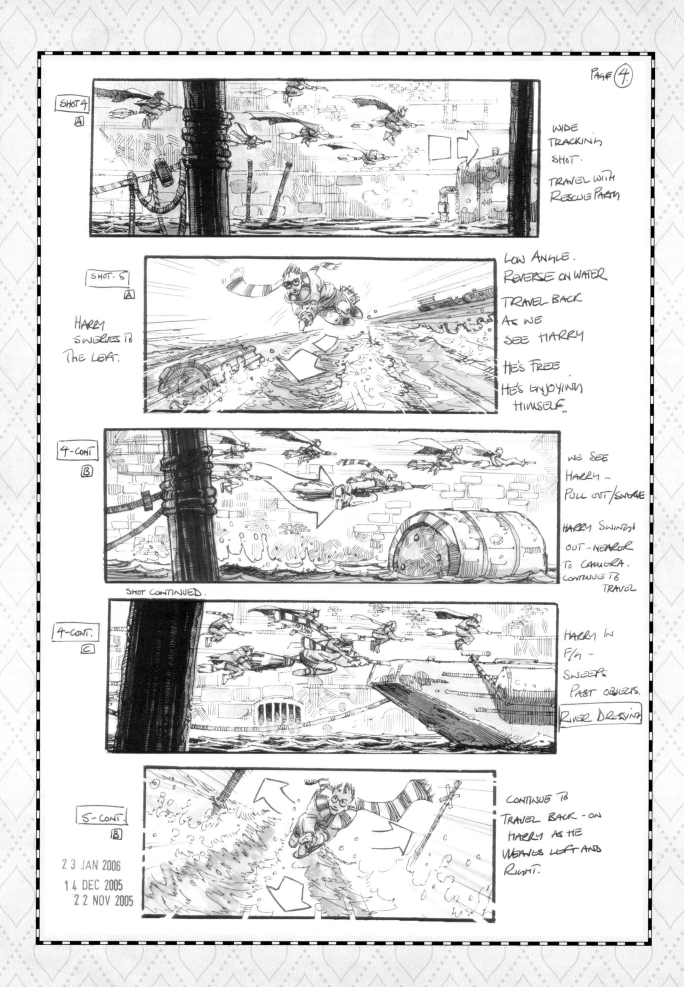

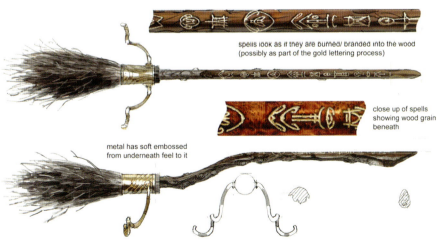

spells look as if they are burned/ branded into the wood
(possibly as part of the gold lettering process)

close up of spells showing wood grain beneath

metal has soft embossed from underneath feel to it

Broomstick 4 detail showing treatment of wood

side view

top view

[頁上]『ハリー・ポッターと不死鳥の騎士団』で、ロンドンの上空を飛ぶ騎士団の団員たち。アダム・ブロックバンクによるアート作品。[上]『ハリー・ポッターとアズカバンの囚人』に登場するファイアボルトの柄の部分の質感や仕上げの案。呪文の記号を型押しした図もある。コンセプトアーティストのダーモット・パワーの作品。[左頁]『不死鳥の騎士団』で、プリベット通りからハリーを救出した後、テムズ川の上空を飛ぶ騎士団の団員たちとハリーを、ショットごとに順を追って描いた絵コンテ。

箒　87

『ハリー・ポッターと死の秘宝1』で、ハリーが騎士団に付き添われてプリベット通りから出て行く場面では、自分の箒を持つ団員が多く見られます。アーサー・ウィーズリーの箒は、グラフィックアーティストのミラフォラ・ミナがデザインしたもので、足置きでなく実際のマグルの自転車ペダルが付き、通常のサドルでなく自転車のサドルが付いています。自転車のように、荷物を運ぶためのかごも付いています。当初の案として、「魔法使いを2人乗せる箒は改造して、座る所を2つ作る」というものがありましたが、この案は取りやめになりました。

『ハリー・ポッターと死の秘宝2』で、ロン・ウィーズリーは、必要の部屋に放たれた悪霊の火から逃げるため、年代物の箒がまとめて置いてあるのを見つけてハリーとハーマイオニーに1本ずつ投げます（ハーマイオニーが箒で飛んでいるのが見られるのは、映画シリーズ全体でこの時だけです）。アダム・ブロックバンクはこの場面の箒を比較的まっすぐな形にしましたが、足置きの代わりに繊細な透かし細工のあぶみと複雑な構造の金属部品を使いました。まるでライフルのような外見で、作り付けのサドルがあり、余裕で2人乗りができます。

［右頁］不死鳥の騎士団がロンドン上空を飛行する場面の絵コンテ。［右端］アーサー・ウィーズリーの箒。ミラフォラ・ミナが『ハリー・ポッターと死の秘宝1』用にデザイン。［右から2点目・3点目］コンセプトアーティストのアダム・ブロックバンクが『ハリー・ポッターと死の秘宝2』用にデザインした、2人乗れる年代物の箒。［頁上］『死の秘宝2』で、ロン・ウィーズリー（左）とハリー・ポッターがドラコ・マルフォイを連れて、必要の部屋で燃える悪霊の火から2人乗りの箒で逃げるところ。アダム・ブロックバンクによるコンセプトスケッチ。［左中］プリベット通りを出発しようとする不死鳥の騎士団のスチール写真。

AS THE RESCUE PARTY DROPS INTO SHOT.

TRAVEL WITH THEM AS THEY DIVE TOWARD THE RIVER.

THE RESCUE PARTY PULLS AWAY FROM CAMERA.

第 5 章

食べ物と飲み物

「カボチャパイを 2 つください」
チョウ・チャン/『ハリー・ポッターと炎のゴブレット』

92　魔法グッズ大図鑑

大広間のごちそう

「では宴を始めよう」

アルバス・ダンブルドア／『ハリー・ポッターと賢者の石』

ハリー・ポッター映画に何度も出てくる大広間の食事シーン。そこで出されたごちそうとお菓子は、小道具係が「ケータリング」したものです。小道具制作のピエール・ボハナはこう語っています。「第1作の最初の大広間のごちそうの撮影は確か5、6日間で、メニューは七面鳥の丸焼き、鶏のドラムスティック、トウモロコシ、マッシュポテトなど。だが、ひとつ決めなければならないことがあった」。それは、本物の食べ物と作り物では、費用対効果の面でどちらがいいかということでした。しかし、クリス・コロンバス監督は本物を使うことを主張しました。「監督は偽物を受け入れないんだ」と、映画シリーズの小道具主任バリー・ウィルキンソン。「450人の子供にどうやって食事を提供するか、まず考えた。それに、食べ物が照明で傷んだらいけないので、どんどん取り換える必要もある」。これに対応するため、4台の移動式調理設備がセットの周りに設置されました。「3日後にはひどい状態だった。実際には誰も食べないので、食べ物が一日中そのままになっていた。温かくおいしそうに保つのは大変だし、においも耐えがたくなった」とボハナ。装置監督のステファニー・マクミランも、「後々まで語り草になるひどさだった」と語りました。

この方法は第2作でも続けられましたが、「メインディッシュに関しては、あのようなシーンはもうなかった」とボハナ。「ごちそうが映像に登場するのは、食事が終わったころが多くなったので、プディングなどの食べ物が増えた」。『ハリー・ポッターとアズカバンの囚人』でアルフォンソ・キュアロンが監督に就任すると、食べ物は型に入れて作った模造品に変わりました。しかし、本物の食べ物が使われることもたまにあり、『ハリー・ポッターと不死鳥の騎士団』に出てくるプロフィテロール（プチシュークリームを積み上げたケーキ）には、本物のナッツやパイ生地が使われています。ただし、上にかけてあるチョコレートソースは小道具部の秘密のレシピで作られていて、食べられません。

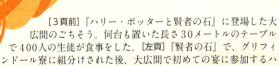

[3頁前]『ハリー・ポッターと賢者の石』に登場した大広間のごちそう。何台も置いた長さ30メートルのテーブルで400人の生徒が食事をした。[左頁]『賢者の石』で、グリフィンドール寮に組分けされた後、大広間で初めての宴に参加するハリー・ポッター。左からネビル・ロングボトム（マシュー・ルイス）、ハーマイオニー・グレンジャー、ハリー・ポッター、パーシー・ウィーズリー（クリス・ランキン）、リー・ジョーダン（ルーク・ヤングブラッド）。[中央・上]瓶入りのカボチャ・ジュース。ラベルのデザインはグラフィックス部。

大広間の朝食

「製品の内容にご不満な点がありましたら、
ふくろう便でご返送ください」

シリアル「ピクシー・パフ」の箱の表示に書かれた文
『ハリー・ポッターとアズカバンの囚人』

一日で一番大事な食事は朝食ですが、魔法界でもそれは同じです。朝食は他の食事と同じように大広間で出され、トースト立てに並んだトーストに円盤状のバターが添えられ、そばにある上部が豚の頭の形をした大きな水差しには、牛乳とジュースが入っています。ジャムの瓶には、ホグワーツの屋敷しもべ妖精が作った「クレージーベリー・ジャム」、「禁じられた森の花のはちみつ」、「オレンジ果肉入りマーマレード」が入っており、瓶のラベルには賞味期限（「双魚宮6月」）が書いてあります。もちろんシリアルも「チェリ・アウルス」（実在するシリアルの商品名「チェリオス」をもじったもの。「アウル」は「フクロウ」の意味）と「ピクシー・パフ」の2種類があり、魔法界のブランド戦略をかいま見ることができます。グラフィックデザイナーが制作したシリアルの箱には、おまけ、宣伝文句や原材料表示も付いています。

［上］『ハリー・ポッターと謎のプリンス』で、グリフィンドールチームのキーパーとなって初めてのクィディッチの試合を控え、朝食であまり食欲がわかないロン・ウィーズリー。テーブルを挟んだ向かいのジニー、ハリー、ハーマイオニーがロンを励ましている。［右］魔法シリアル「チェリ・アウルス」の箱の前面と背面。「スクリュートオイル新配合」と書いてある。［左中］ふたが豚の頭部になっている水差しに入ったオレンジジュース。［右頁］ボリューム満点でまずまず健康的な朝食が準備された大広間のテーブル（『謎のプリンス』）。

飲食店

「漏れ鍋か。豆のスープが出てきたら、食われる前に食っちまえよ！」
夜の騎士バス（ナイト・バス）につるされた干し首／『ハリー・ポッターとアズカバンの囚人』

魔法使いたちがバタービールを引っ掛けたり、うなぎの酢漬けをつまんだりできるパブ「漏れ鍋」。ハリーは『ハリー・ポッターと賢者の石』で、ここから文字どおり魔法界に入っていきます。漏れ鍋は宿屋も兼ねていて、ハリーは『ハリー・ポッターとアズカバンの囚人』でここに滞在しているときに、ウィーズリー家の人々と会います。同映画でハリーはその後、ホグズミードにあるパブ「三本の箒」を訪れます。三本の箒は『ハリー・ポッターと不死鳥の騎士団』と『ハリー・ポッターと謎のプリンス』にも出てきます。居心地が良く、みんなが集まるこのような場所は、密談の場や安全な通り道としても利用されました。『ハリー・ポッターと不死鳥の騎士団』では、ダンブルドア軍団を結成しようとする生徒たちが、ホグズミードにあるパブ「ホッグズ・ヘッド」で会合を開きます。これはやや怪しげなパブで、アルバス・ダンブルドアの弟アバーフォースが経営していることが『ハリー・ポッターと死の秘宝2』で分かります。

これらの店では、おなじみのバタービールなど、さまざまな飲み物を提供しています。瓶や樽のラベルは、グラフィックス部が制作したものです。ウイスキー、はちみつ酒、その他の飲み物もいくつかあり、そのブランドのほとんどはグラフィックスチームによって制作されました。三本の箒には、「ブラック・キャット・ポテトチップス」や自家ブランドの「スペルバインディング・ナッツ」といったおつまみもあります。

[上] ダイアゴン横丁の漏れ鍋は、名前もユニークだが看板の形もユニーク。[下] バタービールの樽、ピューター製のフラスコ、飲み物のラストオーダーを告げる小さなベル。[右頁上] 客を迎える準備ができた三本の箒。『ハリー・ポッターと不死鳥の騎士団』の参考写真。[右頁下] グラフィックス部が制作した、三本の箒の食べ物や飲み物のラベル。

「ああ、『三本の箒』とは口では言えないほど古い付き合いでな。まだ『一本の箒』だったころから知っとる」
ホラス・スラグホーン／『ハリー・ポッターと謎のプリンス』

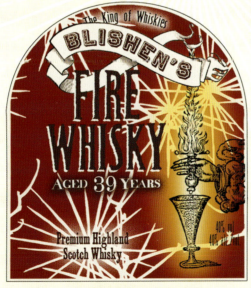

食べ物と飲み物　97

隠れ穴の食べ物

モリー・ウィーズリーは、セーターやマフラーを手編みするだけでなく、ジャムも手作りし、愛情を込めた手描きのラベルを付けました。味は、マグニフィセント・マーマレード、ストロベリー・ジャム、ホームメイド・ヤミー・ハニーなどです。

[右] モリー・ウィーズリーの自家製ジャムのラベル。グラフィックス部は、おなじみのモリーの編み物と同じような手作り感あふれるラベルをデザインした。[上] クリスマスの日、デスイーターから攻撃される前に隠れ穴で出された豪華なごちそう。『ハリー・ポッターと謎のプリンス』のスチール写真。[右頁右・左下] ミラフォラ・ミナとエドアルド・リマは、『ハリー・ポッターと死の秘宝1』でハリー、ロン、ハーマイオニーが行くルキーノ・カフェのメニューや飲み物のラベルなどを制作した。[右頁左上から2点] ルキーノ・カフェのセットの参考写真。

マグル界の食べ物

ハリー、ハーマイオニー、ロンは『ハリー・ポッターと死の秘宝1』で、ビル・ウィーズリーとフラー・デラクールの結婚式を襲撃したデスイーター（死喰い人）から逃れ、ルキーノ・カフェ（ミラフォラ・ミナの息子の名前にちなむ）に避難します。グラフィックアーティストたちがデザインした飲み物のラベルは、かんきつ果汁入り炭酸飲料を「リマ・ラッシュ」と名付けるなど、個人的な味付けを加えてあります。

ホグワーツ特急車内販売のお菓子

「車内販売よ。何かいりませんか？」
「全部買うよ」

車内販売の魔女とハリー・ポッター／『ハリー・ポッターと賢者の石』

ハリー・ポッター映画シリーズで強く印象に残った小道具のひとつは、言うまでもなくお菓子でしょう。『ハリー・ポッターと賢者の石』で、原作者J.K.ローリングが描写したカートいっぱいのお菓子は、後に親友となるハリー・ポッターとロン・ウィーズリーが、初めて乗るホグワーツ特急の旅で、仲良くなるきっかけとなりました。ハリーの蛙チョコレートに付いてきた有名魔法使いカードに載っていたのは、アルバス・ダンブルドアです。この写真は、魔法界の動く絵画や写真とは違い、立体的に見えるホログラムと同じホイル素材を使っています。

［右］『ハリー・ポッターと賢者の石』と『ハリー・ポッターと炎のゴブレット』でホグワーツ特急の車内販売の魔女が売りに来たお菓子はハニーデュークスから提供されたものだが、このことは『炎のゴブレット』で初めて分かる。［右頁左上］ハニーデュークスの「ビックントリックス」のパッケージのビジュアル開発アート。ミラフォラ・ミナ制作。最初は平たい形だが、お菓子を入れていくとどんどん伸びる。［下・右頁下・次の見開き］歯科医であるハーマイオニーの両親が見たら腰を抜かしそうな、ハニーデュークスの膨大なお菓子。『ハリー・ポッターとアズカバンの囚人』用に小道具部が用意し、グラフィックス部がラベル付けをした。

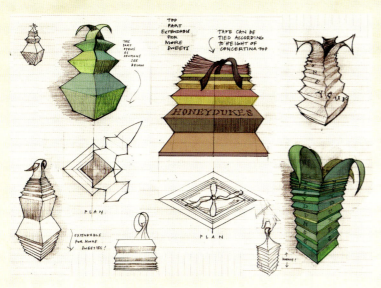

ハニーデュークス

「ハニーデュークスはいいよ」
ロン・ウィーズリー
『ハリー・ポッターとアズカバンの囚人』（カットされたシーン）

ホグズミードを初めて訪れる3年生にとって楽しみなのは、棚という棚にお菓子、ケーキ、棒付きキャンディー、チョコレートがずらりと並んだ菓子店「ハニーデュークス」に行くことです。小道具部は、「骸骨キャンディー」、「爆発ボンボン」、「杖形甘草あめ」、「リマズ・クレージー・ブロブ・ドロップス」など、大量の商品を制作しました。また、『ハリー・ポッターとアズカバンの囚人』のアルフォンソ・キュアロン監督がメキシコ出身なので、それにちなんで、「死者の日」のカラフルな装飾を施した頭蓋骨形の砂糖菓子「カラベラ」も作りました。俳優たちは撮影前に、「お菓子は、撮影する数日間持つようにラッカーが塗ってある」と言われていましたが、これは実は、ハニーデュークスの商品を取られたり食べられたりしないようにするための嘘でした。

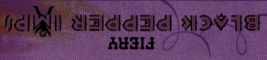

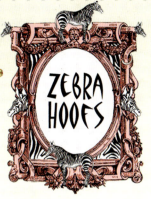

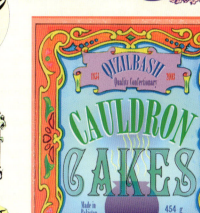

食べ物と飲み物 103

三大魔法学校対抗試合の歓迎会

「皆の家であるこの城に、今年、特別な客人を迎えて
滞在していただくことになった」

アルバス・ダンブルドア／『ハリー・ポッターと炎のゴブレット』

「ごちそうは以前にもあったが、これほどたくさんのデザートやプディングを出したことはなかった」と装置監督のステファニー・マクミランは言います。『ハリー・ポッターと炎のゴブレット』で三大魔法学校対抗試合のために来校したボーバトンとダームストラング両校を歓迎する宴は、チョコレート中毒の人にとって夢のような時間です。「大広間で開かれる他の宴とは違う見た目にしたかった。チョコは子供のパーティーにぴったりのテーマだと思った」とマクミラン。この判断には、実は下心があったそうです。「それまでは七面鳥やローストビーフばかりで退屈だったので、これなら子供たちが喜ぶと思った。それに、むちゃをするのは楽しい」。マクミランは、ホワイトチョコ、ミルクチョコ、ダークチョコの3色をコンセプトに（もちろん「三」大魔法学校対抗試合にちなんで）、シーンをデザインしました。制作された物のほとんどには、さまざまな形でこの3色が全部入っていましたが、全体の色調を確認したマイク・ニューウェル監督は、「茶色ばかりなので、アクセントを付けるため、何かほかの色を入れてほしい」とマクミランに頼みました。「最初はチョコレート・ミルクシェイクを作ろうと考えていたが、それはちょっとやりすぎだということになった。そこで、ホグワーツの水差しの飲み物をほのかなピンクにして、ピンクのスイーツも少し入れた」とマクミラン。さらに、マクミランが第1作から使用してきた金の皿、カップ、ナイフ・フォーク類がこれに加わり、豊かな配色が生まれました。

登場した膨大な種類のデザートは、イギリスの伝統的なデザートと魔法界のデザートを取り入れたもので、小道具部、美術制作部、セット装飾部の才能が発揮されています。美術監督のスチュアート・クレイグとマクミランがまず検討したのは、テーブル上の食べ物の見え方でした。「どんな形を組み合わせたら十分な高さが出せるかを考えた。子供たちが長椅子に座ってしまうと、部屋の下の方に黒い塊があるだけのように見えてしまうから」(マクミラン)。これを解決するため、何層も重ねたケーキ、プチシュークリームを高く積み重ねたプロフィテロール、塔のようにうずたかく盛り付けたアイスクリームが、テーブルにずらりと並べられました。もうひとつ、どれを実際に調理し、どれを模造品にするかという課題がありました。「決める基準は単純だ。絶対に溶けないものは本物でもいいし、絶対に溶けるものは本物ではできない」とマクミラン。デザートの多くはチョコレートなので、樹脂で制作しなければなりませんでした。マクミランは、どれが本物か観客が見分けるのは難しいだろうと言います。「ピエール・ボハナのチームが、食べ物を本物そっくりに見せる技術を磨き抜いたので、皿に載った小さなチョコが食べられないものだとは、なかなか気付かれないと思う。これには簡単にだまされてしまうだろう。ただし、上に載っているナッツは本物だ」

[上] ボーバトンとダームストラング両校を歓迎する三大魔法学校対抗試合の宴では、ハリー・ポッター映画で初めて、デザートメニューが小道具制作とセットデザインのチームによって出された（『ハリー・ポッターと炎のゴブレット』）。[右頁] 装置監督のステファニー・マクミランは、ミルクチョコ、ダークチョコ、ホワイトチョコという配色にピンクの差し色を加え、ホグワーツの大広間で使われた金の皿やナイフ・フォーク類を美しく引き立てた。

食べ物と飲み物 | 105

マクミランのお気に入りのデザートは「プロフィテロールの爆発」。本物のプチシュー（クリームはなし）に偽物のチョコレートソースをかけたものです。もうひとつは、テーブルの上を走るように置いた小さなネズミの形のホワイトチョコです（中にはピンクのものも）。「子供たちが食べてしまう可能性を見越して、千匹作っておいた」とマクミラン。動物や自然から発想を得たデザートはほかにもあります。キラキラ光る砂糖衣をかけたケーキの上には、チョコのカエルが座っています。ウサギが載っているシルクハット形のケーキは、本物の折りたたみ式シルクハットの型を取って作られています（ウサギは別）。「シルクハットは最初に16個作ったが、とても気に入ったので結局64個になった。ハリー・ポッター映画では、何でも大量に用意しなければならない。1個や2個でなく、いつも何百単位だ」とマクミラン。カボチャを積み重ねた形のケーキは、ハグリッドの庭の小道具だったカボチャの型を取って作られました。教授席には、不死鳥で飾ったケーキが置いてあります。当初の予定では4つの寮を表すケーキを作ることになっていましたが、ダンブルドアのそばにペットの不死鳥フォークスを表すケーキを数個置くほうがシンプルになるだろう、というデザイナーの判断で、このようになりました。

　特に印象的な作り物のデザートは、コーンに載せたアイスクリームのタワーです。「溶けないアイスクリーム！」とマクミランは笑います。「良さそうな形のコーンを見つけたので、型を作って、小道具部にそれで思い切り遊んでもらった。実はとても重いが、部屋にちょっとした彩りを添えてくれる」。ピエール・ボハナは、これと同じものを『ハリー・ポッターとアズカバンの囚人』の宴のごちそうで制作した経験があり、その技法を完成させていました。ただし、残念ながらこれは全く食べられません。「サンドブラストに使われるガラス粉を樹脂と混ぜたものだ。極小のガラスビーズが入っていて、きれいな虹色になる。きらめきがあるし、アイスクリームの質感そっくりになる。今までさまざまなこつをたくさん編み出して使ってきた。何かを模造するときには、それを大量に買って調べ、『この質、この見た目を出すにはどうすればいいか』と考える。もちろん、成功するまでには、たくさんのアイディアと試行錯誤が必要だ」（ボハナ）。すべてのごちそうが決定し、デザインと制作が済んだら、小道具部が大広間の何百人もの生徒用に何百個と作ります。「巨大なプルプルのチョコレート・トライフル、ブラマンジェに、あまり見栄えのしない蒸しスポンジプディング。それから、ゼリーカスタードもあった。これはマイク・ニューウェルのリクエスト」とマクミラン。「それと、華麗なリボンケーキ。もし切ったら、中には濃厚でとびきりおいしいラム入りチョコレートクリームが入っているはず。とにかく、私はそんなふうに想像していた」

[見開き] ホグワーツの食卓を飾るゼリーカスタード、プロフィテロールの爆発、チョコレートのウサギを載せたシルクハットケーキなどのデザートの間を縫うように、千匹以上の白い（一部はピンク）ネズミを置いた。また、デザートの高さに差を付けるため、溶けないアイスクリームを高い塔のように盛り付けたものを、ケーキやプディングの間に80個置いた。コーンに載せた溶けないソフトクリームも高さを違えてある。

クリスマス・ダンスパーティーの ごちそう

> 「クリスマスの舞踏会は、三大魔法学校対抗試合が始まって以来の伝統行事として催されてきました」
>
> ミネルバ・マクゴナガル／『ハリー・ポッターと炎のゴブレット』

装置監督のステファニー・マクミランは『ハリー・ポッターと炎のゴブレット』で、歓迎会のほかに、三大魔法学校対抗試合のクリスマス・ダンスパーティーのごちそうも制作することになりました。このごちそうでも、マクミランは目新しい物を取り入れようとしました。「これまでにない物を使いたかったので、シーフードがいいと思った。部屋のテーマに沿って作られた氷の台の上でよく映える」。第1作の映画で本物の食べ物を使ったときの教訓から、食べ物の大半は樹脂製となりました。偽の魚を制作するため、マクミランはチームとともに、ロンドンの有名な魚市場、ビリングズゲートを探し回ってロブスター、カニ、エビ、貝などを入手しました。樹脂の型を作るのに使ったものもありましたが、それ以外は本物のままセットで使われました。本物はスタジオの照明で傷まないように処理したため、食べることはできませんでしたが、臭いもしませんでした。

[上2点]『ハリー・ポッターと炎のゴブレット』のクリスマス・ダンスパーティーのごちそう。[背景] テーブルを飾る氷の彫刻の配置図と立面図。[右頁] ホグワーツのごちそうの新たな試みとして、型で作った樹脂製の魚介類（一部は本物）が、同じく型で作った樹脂製のテーブルに並んだ。ピエール・ボハナと小道具チームが型に流し込んで作った透明な氷の彫刻は、ブライトンにあるロイヤル・パビリオンを思わせる。

魔法の音楽

クリスマス・ダンスパーティーでは、2組のグループが演奏します。生徒のオーケストラは、ダンスパーティーの幕開けに、フィリウス・フリットウィック教授の指揮で代表選手のワルツの伴奏をします。この小編成の合奏団が演奏する白や半透明の楽器は、型に透明な樹脂を流し込んで作ったもので、氷をテーマにした大広間の装飾に合っています。奏者は、エールズベリー音楽センター吹奏楽団の11歳から19歳の団員が演じています。その後は、魔法使いのロックバンドが引き継ぎます。「楽器は全部制作した。高さ3.5メートルのバグパイプ、とてつもなく巨大で透明なシンバル、キーボード、ギター、完全なドラムセットも作った。実際には機能しないが、機能するように見える」とピエール・ボハナ。バンドは、壁いっぱいに取り付けたクロム製の大きなメガホンの前のステージで演奏します。美術監督のスチュアート・クレイグはこう語っています。「特別な時間を過ごしているという雰囲気を、バンドで作り出したいと思った。でも、もちろんホグワーツには電気がないので、全部蒸気で動いている!」

[右下] 生徒のオーケストラの入場を待つ、氷の譜面台。楽器と同様に、透明な樹脂を型に流し込んで作られている。この樹脂は、「白色光を当てるとピンクに見える」(小道具制作のピエール・ボハナ)という問題があるため、照明用のカラーフィルターを使って氷のような青い色調を表現した。[右中] 魔法使いのロックバンドを紹介するフリットウィック教授(ワーウィック・デイビス)。デイビスは、教授がクラウドサーフィン(体を支えられて観客の頭上を移動する)をするという案を出したが、本当にさせられるとは思っていなかった。[上] 思い切り楽しむ(左から)フリットウィック教授、ベースのスティーブ・マッキーとボーカルのジャービス・コッカー(2人ともバンド「パルプ」のメンバー)、ジョニー・グリーンウッド(レディオヘッドのギタリスト)、バグパイプのスティーブン・クレイドン(バンド「アド・エヌ・トゥ・エックス」のメンバーだった)。マイク・ニューウェル監督は、「フォーマルダンスで始まるが、最後はみんな羽を伸ばしてものすごく楽しんだ」という自身の学校時代のダンスパーティーを再現したいと考えた。[右頁上] 三校対抗試合にふさわしい3本ネックのギターを弾くジョニー・グリーンウッド(右)。隣では、スティーブン・クレイドンが桁外れのバグパイプと格闘している。[右頁下] 魔法使いのバンドは、100個のメガホンから成る音響装置の前で演奏した。このシーンの撮影は映画撮影の終盤に行われたので、キャストとスタッフは羽目を外して楽しんだ。

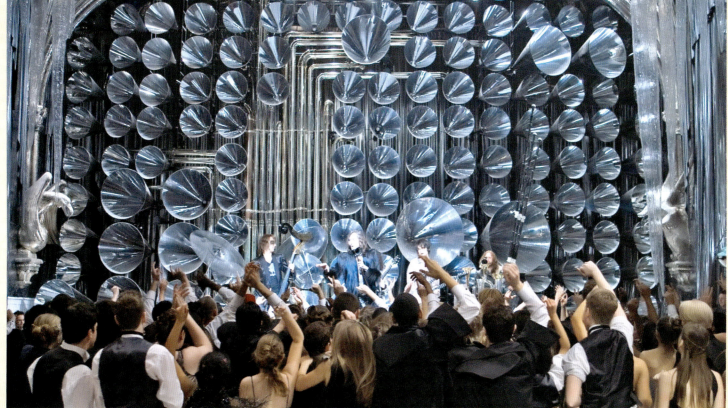

ウィーズリー家の結婚式

「それに君、まだ『におい』があるし、結婚式にも出なきゃ」
ロン・ウィーズリー／『ハリー・ポッターと死の秘宝1』

ウィーズリー家の長男ビルと三大魔法学校対抗試合のボーバトン校代表選手フラー・デラクールの結婚式は、『ハリー・ポッターと死の秘宝1』で不穏な事件が起こる前の、明るく楽しいひとときでした。巨大なテントの中で客が踊り、おしゃべりし、皿という皿に並んだプチフール、ミニエクレア、チョコレートにディップしたイチゴなど、ミニサイズのお菓子に舌鼓を打ちました。お菓子は、ほとんどがシリコンゴム製です。「食べているところが映るので、本物もテーブルに置いたが、ゴムのお菓子は飾りというだけでなく、テントが破壊されて客が逃げようとするときには絶対に必要だった」とステファニー・マクミラン。ちょうどいい大きさのお菓子にたどり着くまでには、何度も試行錯誤したそうです。「ハリー・ポッター映画では何でも大きいことが普通だったので、最初に見せてもらった試作品は、巨大なプリンやフルーツタルトだった。だから、やり直しをお願いした」。ハリー・ポッター映画で実際に食べられる物を作る家事研究家が次に作ってきたのは、白鳥の形のメレンゲでした。「見事な出来だが、やはり大きすぎた。『思っていたのとちょっと違う』と言うのが心苦しかった」とマクミラン。間もなく適切なサイズの型ができ、それが小道具部に渡されて、マクミランが依頼した4千個のミニケーキが作られました。食べ物が並べられた3段のケーキスタンドは、マクミランがアンティークショップで見付けたガラス製のスタンドから型を取り、割れても安全なアクリル樹脂で制作したものです。

結婚式の料理の花形はケーキですが、ウィーズリー家の結婚式も例外ではありません。結婚式の装飾はデラクール家に合わせてフランス風なので、「アイシングは、18世紀にフランス式庭園で使われた『トレヤージュ』（格子垣）というアーチ形のトレリスのデザインにした」とマクミラン。入り組んだ台を間に挟んだ4段のケーキを格子細工で囲むこのデザインは、紙の上で考案してからコンピューターで製図し直し、トレヤージュを作るためのひな型が作られました。「制作時間が限られていたので、この方法で時間が大幅に節約できた」とボハナ。トレヤージュは食べられない薄い素材で作られましたが、これはキャストによる味見を防ぐためではなく、本物のアイシングを使うと、ケーキの大きさに対してアイシングが重くなりすぎるためです。

ボハナによると、「デスイーターたちが来て、結婚式の客が慌てふためいて逃げるときに、誰かがケーキに倒れ込む」という案を、ステファニー・マクミランが思い付いたそうです。「そこで、誰かがケーキに倒れ込んだときにスポンジやクリームが実際に全部飛び出すようにするにはどうすればよいか考えた。だが、各層の下のふんわりしたアイシングが、1段で9キロ以上になるだろうから、不可能だと思った」。しかし、小道具チームにとっては不可能ではありませんでした。中にとても軽い発泡素材のチューブを入れて、スポンジケーキとクリームを詰めたら、うまくいった。実際にスタントマンが倒れ込むところが撮影されたが、結局その映像は使わないことになった。とてもドラマチックで怖いシーンなのに、コミカルすぎるからだ」。しかし、ボハナはどんな作業でも無駄だとは思わないそうです。「やり方が分かったことは収穫。またいつ必要になるか分からないからね」

[頁上] ハーマイオニーのビーズ付きハンドバッグ。[上] 割れても安全な素材で作られている。段になったケーキスタンド。ゴム製のエクレア、タルト、白鳥形のメレンゲが載っている。ビルとフラーの結婚式がデスイーターに襲撃され、客が恐れをなして逃げ出したとき、スタンドもケーキも壊されたが、けがはなかった。[左] 小道具部は、何千点もの小さなプチフールやボンボン、チョコレートを「ケータリング」した。すべてひとつずつ作られ、同じ物は2つとない。[背景] テーブルに置かれたフランス風のガラスのろうそく立ての設計図。ジュリア・デホフ制作。軸はゴム製、じょうご形のガラス部分は割れても安全な素材でできている。「ろうそく」は電灯を使っていて、俳優たちの顔を照らし出す。[右頁左] エマ・ベインによるトレヤージュケーキの設計図。非常に繊細なアイシングのデザインの大きさと配置が示されている。[右頁右] 完成したケーキ。小さな砂糖漬けの果物が飾られ、味見をしないようにという大きな注意書きが置かれている。

112　魔法グッズ大図鑑

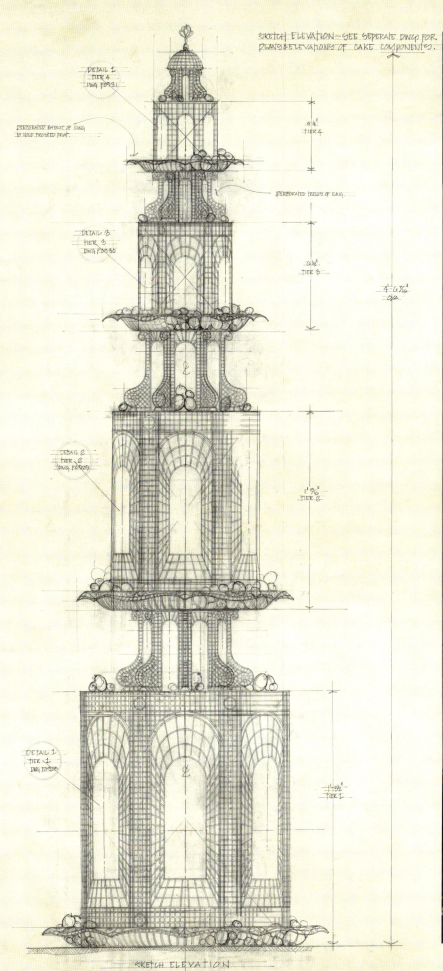

食べ物と飲み物 113

第6章

出版物

「394ページを開け」
セブルス・スネイプ／『ハリー・ポッターとアズカバンの囚人』

新聞・雑誌

「『名前を呼んではいけないあの人』が復活」
『日刊予言者新聞』の見出し／『ハリー・ポッターと不死鳥の騎士団』

新聞がぐるぐる回り、それがゆっくりになって見出しが見えるようになり、観客にとって重要な情報が明らかになるというのは、映画でよく見られる視覚効果です。ハリー・ポッター映画に登場する魔法界の新聞や雑誌は、このおなじみの伝統的表現法に独自のひねりを加え、動く画像を見出しの下に入れて映画のように見せることによって、物語を進めたり、必要な情報をまとめたりしています。『日刊予言者新聞』と『ザ・クィブラー』は物語の進行上重要な道具であり、闇の力が台頭しハリー・ポッターの支持者が頑として抵抗する中で、世論が揺れていることを示すのに使われています。

[前々頁]『ザ・クィブラー』の編集長ゼノフィリウス・ラブグッドが使った印刷機。『ハリー・ポッターと死の秘宝 1』でデスイーターによってラブグッドの家が破壊されたとき、印刷機も被害を受けた。[上] グリモールド・プレイス十二番地の厨房で開かれた不死鳥の騎士団の会議で、ロン・ウィーズリーとリーマス・ルーピン（デイビッド・シューリス）は話に聞き入り、ハリー・ポッターは『日刊予言者新聞』の最新号を読んでいる。[右] 魔法界の出版物。ルーナ・ラブグッドの父ゼノフィリウスが発行している『ザ・クィブラー』（この号は『死の秘宝 1・2』に登場）と、『ハリー・ポッターと謎のプリンス』でロンのベッド脇のナイトテーブルに置いてあったクィディッチファン向けの雑誌『週刊シーカー』。[右頁]『死の秘宝 1』の冒頭、懸念が高まる反マグル事件について報道する『日刊予言者新聞』。[次の見開き]『ハリー・ポッターと不死鳥の騎士団』用に描かれた『日刊予言者新聞』の絵コンテ。紙面へ入り込んだり出て来たりしながら見出しや写真を次々に切り替えていくデジタル処理の複雑な手順を説明している。

日刊予言者新聞

「失礼、お嬢さん。日刊予言者新聞です」
『日刊予言者新聞』のカメラマン/『ハリー・ポッターと秘密の部屋』

主人公はシリーズのすべての映画で重要な役割を演じますが、それと同じように重要な主人公小道具もあります。それが『日刊予言者新聞』で、物語の進行に欠かせない役割を果たし、魔法界の主要な印刷報道媒体として、ハリー・ポッター映画全作に登場しています。新聞に掲載される写真が動くことは最初から決まっていましたが、グラフィックデザイナーのミラフォラ・ミナとエドアルド・リマは、文章にもそれと同じような印象を持たせたほうがいいと考えました。「最初は文章も動くことになるのかどうか、分からなかった。それもあって、らせん状やいろいろな形の文章になった」とミナ。初めの5作に登場する新聞では、1面の記事が内容を反映するデザインになっていることがよくありました。例えば、『ハリー・ポッターとアズカバンの囚人』で、くじで特等を当てたウィーズリー一家のエジプト旅行を報じた記事の見出しは、ピラミッド形をしています。『ハリー・ポッターと炎のゴブレット』では、ハリー・ポッターと三大魔法学校対抗試合に関するリータ・スキーターの記事が、優勝杯の輪郭の中に配置されています。新聞の見出しの書体はミナが制作したもので、美術監督のスチュアート・クレイグが映画の建築物に取り入れたゴシック様式を反映しています。他の書体は、古い本や、ビクトリア時代の広告、活版印刷などから取られています。ただし、「実際の記事本文には、判読できない書体を使わなければならなかった」とミナ。最初は、視覚効果スタッフへの提案の意味で、動く写真のスケッチを入れていましたが、「承認してもらうため提出すると、返事はいつも、『それもいいが、使う予定の写真はそれじゃない』だった」(リマ)。そこでミナとリマは、次の号から、写真の場所に「動く写真を後で追加」と大きな字で書いておくだけにしました。もちろん、印刷された最終的な新聞

3c. SHOT CONTINUES –

(2)

PUSH IN TO PICTURE OF DELORES UMBRIDGE ON FRONT PAGE OF NEWSPAPER.

3d. SHOT CONTINUES.

WE PUSH IN TO MOVING PHOTO OF UMBRIDGE – IN ONE OF THE CLASS ROOMS AT HOGWARTS.

3e. SHOT CONTINUES.

CAMERA STARTS TO ROTATE AROUND UMBRIDGE. TO REVEAL.

3f. SHOT CONTINUES.

FROM OVER UMBRIDGE ONTO REPORTERS AND A PHOTOGRAPHER. CAMERA CONTINUES PULLING AWAY FLASH BULB'S BURST INTO LIFE.

0 7 FEB 2006
0 1 FEB 2006
3 1 JAN 2006

3g. SHOT CONTINUES.

(3)

CONTINUE TO PULL OUT OF DELORES UMBRIDGE GROUP.

WE SEE ABSTRACT GRAPHICS ON EDGE OF FRAME.

3h. SHOT CONTINUES.

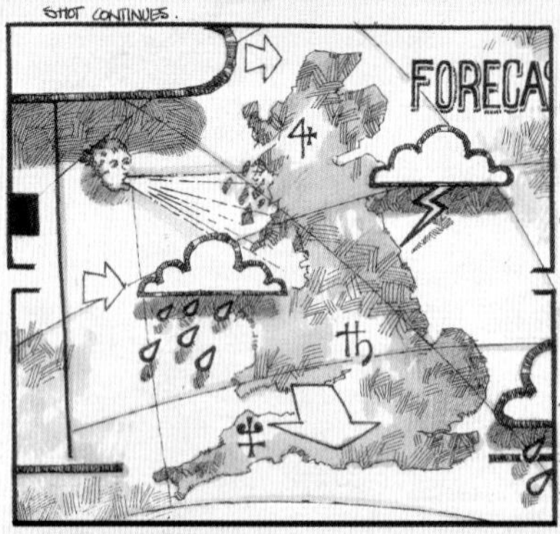

A MAP OF THE U.K. NOW FORMS INFRONT OF CAMERA.

CONTINUE TO PULL BACK –

WE SEE CLOUD SYMBOLS MOVE IN 3D – ACROSS THE MAP. RAIN DROPS FALL ETC.

3I. SHOT CONTINUES.

CONTINUE TO PULL BACK TO REVEAL MORE OF THE GRAPHICS THAT WE REALIZE ARE PART OF THE DAILY PROPHET.

CAMERA CONTINUES TO PULL BACK.

0 7 FEB 2006
0 1 FEB 2006

3j. SHOT CONTINUES.

(4)

CAMERA CONTINUES TO PULL BACK.

MORE ABSTRACT IMAGES OF THE NEWSPAPERS GRAPHICS START TO STREAM PAST CAMERA.

3K. SHOT CONTINUES.

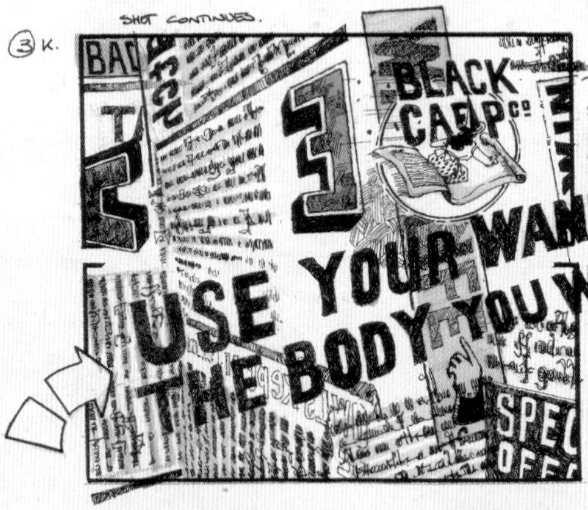

CAMERA TURNS THROUGH 180° STARTS TO PUSH INTO YET MORE GRAPHICS –

GRAPHICS RUSH INTO CAMERA / PAST CAMERA.

3L. SHOT CONTINUES.

(5)

REVEAL PICTURE OF MINISTER FUDGE –.

CAMERA PUSHES INTO PICTURE PAST GRAPHICS.

3M. SHOT CONTINUES.

PUSH INTO PHOTO. THE SCENE IS IN THE MINISTRY OF MAGIC.

FUDGE IS SURROUNDED BY THE PRESS. HE PUSHES PAST CAMERA AS HE ANSWERS QUESTIONS.

SHOT CONTINUES.

3N. SHOT CONTINUES.

CAMERA TRAVELS AROUND MINISTER FUDGE.

0 7 FEB 2006
0 1 FEB 2006

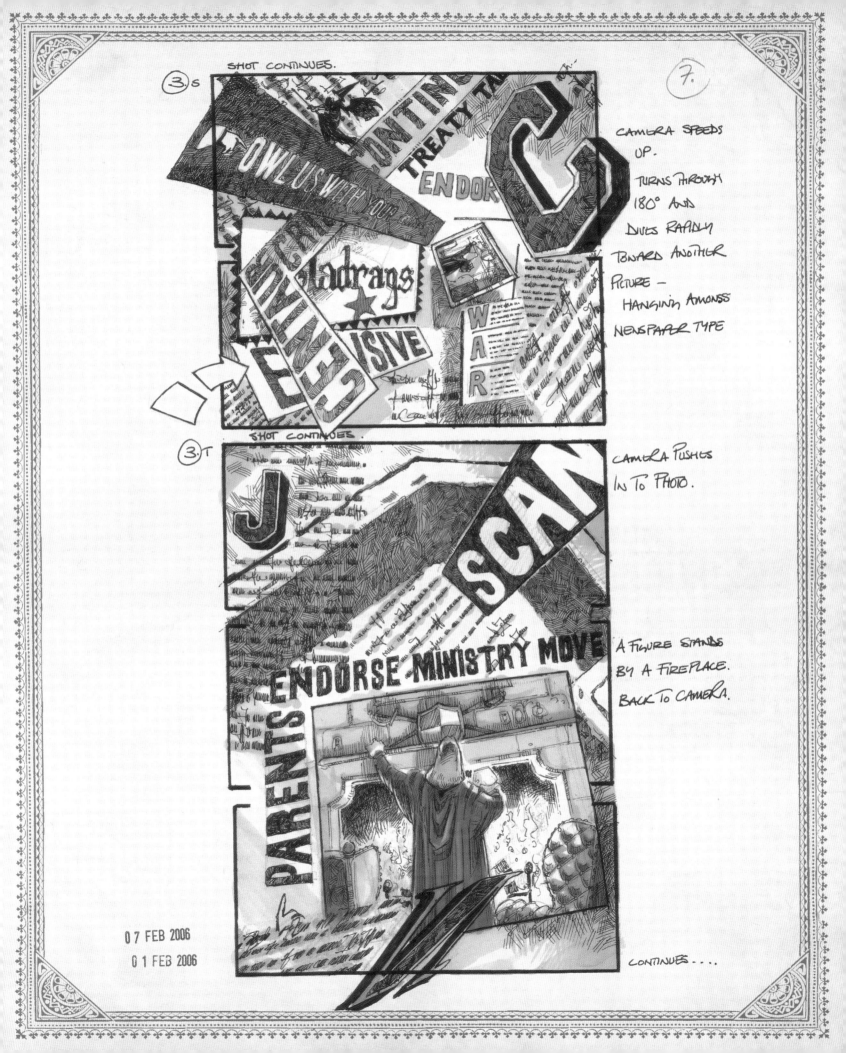

には、写真の場所に緑色の素材が張られました。

「『日刊予言者新聞』には白い紙は使いたくない」という意向を受けて、ミナは紙をオフホワイトに染めることにしました。使った染料は今回もコーヒーで、新聞にコーヒーのほのかな香りが付きました。染めた紙は床に置いて乾かし、できたしわはアイロンで伸ばしました。

見出しと一部の記事は脚本によって決められていましたが、他の記事や連載、広告はミナとリマの自由に任され、後で承認を得ればよいことになっていました。『日刊予言者新聞』には、通常の新聞と同じように、クロスワードパズル（何が縦で何が横なのか分からなくなるエッシャー的なデザイン）、懸賞（「トランシルバニア旅行が当たる」）、投書欄（ふくろう便のみ受け付け）、星占い、案内広告、人生相談欄があります。紙面を埋める他の見出しは、「自分たちで考え出した。やっていて楽しかった」とリマ。ミナは、「でも、私たちは物書きではないので、友人や同僚からアイディアを得た。友人のひとりが赤毛なので、紙面の目立つところに載っている。違法ヘンナでアズカバン行きとなり（「赤毛の魔女、ヘンナの爆発から生還」）、釈放されたが、再度逮捕された」と語っています。一緒に仕事をしている他のグラフィックアーティストの名前を広告に使うこともよくありました。「もちろん、自分たちの名前もよく使った」とリマ。魔法使いの決闘の決勝戦の出場者が「M.ミナ」と「E.リマ」と書かれているほか、闇の魔術防御講座では2人の名前を混ぜ合わせた「スペルバウンド・ミナリマス・メソッド」という名称が使われています。リマは広告の写真にも登場しています。写真のひとつはスキューバ呪文講座のもので、リマはスキューバダイビングの完全装備で固めています。「私たちだけでなく、実は私の母も『日刊予言者新聞』に記事を書いていた」とリマは語りました。

映画シリーズ全体で制作された『日刊予言者新聞』は通算40号に上るだろうとのことですが、中面はカメラに映らないので同じ内容が何度も使われました。「30部必要なときも200部必要なときもあった」とミナ。ある号が承認されると、急いでそれを複製しなければなりません。「過酷な作業だが、チームのおかげで、助手のエルフがいるサンタのような気分だった」（ミナ）

『日刊予言者新聞』は、『ハリー・ポッターと不死鳥の騎士団』から魔法省に支配され始め、様式や性格が変化しました。「デイビッド・イェーツ（監督）と、そのことについて話し合った。独断的な雰囲気を出したいということだった。誰も発言する権利がなくなり、情報はすべて魔法省から流れてくる。これは新聞の見た目に大きく影響した」とミナ。グラフィックスチームは、ロシア構成主義の政治的宣伝ポスターにヒントを得て、ソビエト時代の肉太の書体を使い、全体主義的な雰囲気のデザインにしました。新聞の縦の寸法は短くなり、イェーツの要望で、記事などはすべて横にまっすぐ配置することになりました。「1940年代の新聞も調べた。重要な事件があると、1つの記事がページ全体を占めていた」（ミナ）。新聞の様式の変化に伴って、新聞名のデザインも変わりましたが、ミナとリマは、「Daily Prophet」の「P」の文字だけは金箔で飾りました。「書体がものすごく太くなっても、金色を差すことで、少しでも魔法らしさを保とうという魂胆だ」とミナは語りました。

[左頁]『ハリー・ポッターと死の秘宝1』で、魔法省が『日刊予言者新聞』の支配を強めていく中、配布された特別号。[右]『日刊予言者新聞』の様式と性格はがらりと変わった。『ハリー・ポッターと秘密の部屋』では装飾的で自由な形式だった（上）が、『ハリー・ポッターと不死鳥の騎士団』と『死の秘宝1』では飾り気のない角張った様式になった（下）。[次の見開き]『日刊予言者新聞』には、にきび薬、ミナリマス・メソッド防御講座、ニンバス箒社のファンバス・ステーションワゴンなどの広告が掲載された。

出版物 121

500 GALLEONS ON ANY INFORMATION REGARDING DEATH EATERS
SEE INSIDE FOR FULL DETAILS PG.3

"For a Flawless Complexion"
TOLIPAN BLEMISH BLITZER
1907 — SPECIAL FORMULA WITH DRAGON CLAW

DON'T BLAME IT ON THE FOX!
Since before I can remember the fox has been blamed for almost every thing you can imagine. From fouling tents to killing chickens this unfair victimisation of an innocent animal has to come to an end. Here are a few other animals to look out for before you blame The Poor Fox.

BULMAN'S ULTIMATE WITCH'S HAT LINER
NEW IMPROVED MODEL! REPELS DARK ARTS HEX!!

Measurements Required:
1. The Circumference of the Head.
2. Forehead to Poll.
3. Ear to Ear across the Forehead.
4. Ear to Ear, over the top.
5. Temple to Temple, round the back.

WARRANTED TO DELIGHT THE PURCHASER

INDISPUTABLY THE FINEST LINER AVAILABLE TODAY, PATRONISED BY REPUTABLE CONJURERS OF THE WIZANGAMOT OF GREAT BRITAIN, AND THE GENERAL WIZARDING FRATERNITY ALIKE.

SEND A SELF-ADDRESSED OWL TO BULMAN'S OF WOLVERTON

NO MORE FOULS IN YOUR O.W.L.s
SOAR ABOVE EXPECTATIONS WITH OUR NEW O.W.L.s CRAMMER
CRAM IT!
Get off to a flying start!

OUR CRAMMERS OFFER YOU A WIDE RANGE OF OPTIONS FROM THE FUNDAMENTALS OF TRANSFIGURATION & HERBOLOGY TO MORE SPECIALISED SUBJECTS, SUCH AS ANCIENT RUNES AND DIVINATION

ENROL NOW AND BENEFIT FROM OUR GREAT **10%** DISCOUNT
ACCREDITED BY THE DEPT. OF MAGIC EDUCATION - REG.123-098LK.1

CRACKED CAULDRON
Brilliant · Bargains
Buy Now · Limited Offer
Only FIVE 5 Galleons
QUICK FIX · QUICK FIX

from the manufacturers of **FLOOBOOST** regular
Wildsmith's FLOO BOOST PRO
FLOO POWDER ACCELORATOR
Enhance Your Floo Networking Performance!

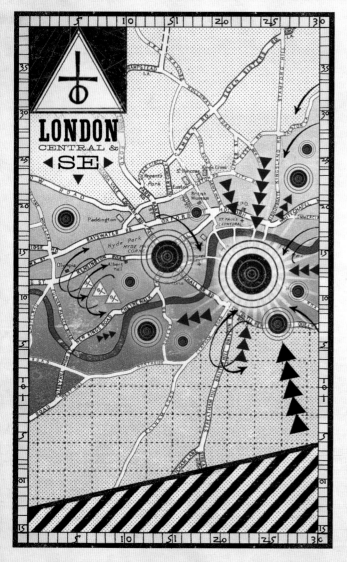
LONDON CENTRAL & SE

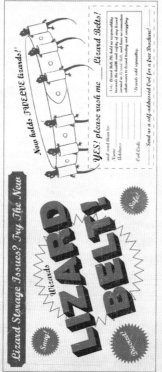
Lizard Storage Issues? Try The New
LIZARD BELT!
Now holds TWELVE lizards!
YES! please rush me _____ Lizard Belts!
and send them to:
Name
Address
Owl Code
Send us a self-addressed Owl for a free Brochure!

The Spellbound MINULIMUS METHOD
is proud to introduce an Intensive **3 Days**
DARK ARTS PROTECTION COURSE
Come & LEARN with TOP WIZARDS!!!
ADVANCED SPELLS AND CHARMS
PROTECT YOU AND YOUR FAMILY AGAINST ALL THE DARKEST ARTS!!!

***ENROLL NOW! PLEASE SEND US AN OWL AND A 50 GALLEONS CHEQUE (NON REFUNDABLE)

ENDORSED BY THE MINISTRY OF MAGIC · SATISFACTION GUARANTEED OR YOUR GALLEONS BACK

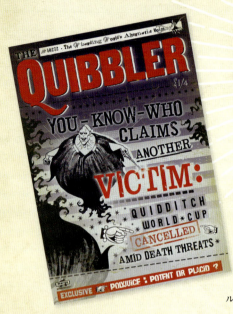

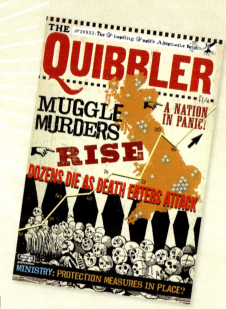

ザ・クィブラー

「クィブラー。クィブラーはいかが?」
ルーナ・ラブグッド／『ハリー・ポッターと謎のプリンス』

ゼノフィリウス・ラブグッドが編集長を務める『ザ・クィブラー』は、題字によると「魔法界の新たな声」です。『ハリー・ポッターと不死鳥の騎士団』で初登場した同紙は、低俗な大衆紙のような雰囲気を出すため新聞用紙に印刷されています。しかし、「古代ルーン文字の秘密解明」や「小鬼がパイに入れて焼かれた噂」といった記事に交じって、魔法省のもくろみを暴く記事を掲載し、ハリー・ポッターを全面的に支持しています。ミラフォラ・ミナとエドアルド・リマは、『日刊予言者新聞』のときと同じように、脚本に指定されている見出し以外の部分を文章で埋める作業を任されました。『日刊予言者新聞』に登場した赤毛の魔女は、『ザ・クィブラー』でも同じような記事になっています（「赤毛の魔女をカシャンプで逮捕　偽ヘンナ所持容疑」）。ミナとリマの名前は、そのまま使われていることもあれば（「ザ・ホブゴブリンズのリードボーカルとミナ・リマは同一人物！」）、混ざっていることもあります（「ルーン文字なしで過ごした1週間の筆者　エドアフォラ・マーガス」）。連載記事は、インタビュー、案内広告、コラム「驚きの新事実」、マグル界に関する週1の疑問コーナー（「バーコードは何のためにある？」）などです。文章は、文字が判読できても意味が理解できませんが、これは出版業界で「グリーク・テキスト」と呼ばれるもので、著者から原稿が来る前に本文部分に文字列を流し込んでデザインを見るために、広く使われています。

『ハリー・ポッターと謎のプリンス』では、めらめらメガネを取り上げた特別号が制作されました。ルーナ・ラブグッドは、透明マントの下にけがをしたハリーがいるのを見付けたときに、めらめらメガネを掛けていました（ハリーの頭の周りにラックスパートが飛んでいたので気付いたのです）。この号の表紙にはいつもより厚い紙を使い、めらめらメガネの輪郭線にミシン目が入っていて取り外せるようになっています。

『ハリー・ポッターと死の秘宝1』で、ハリー、ロン、ハーマイオニーは、ゼノフィリウスを訪ねたときに、『ザ・クィブラー』が印刷されている場所を目にします。ゼノフィリウスの円形の家のセットには、印刷した最新号5千部をあちこちに積み上げ、年代物の大きな木製の活字を散乱させました。この活字は、リーブスデン・スタジオから近い、小さな町にある印刷博物館から、ステファニー・マクミランが借りたものです。また、印刷機も設置しました。「家の中で居住スペースは4分の1しかないかもしれない」とスチュアート・クレイグ。「特殊効果チームが、1800年代のアメリカの印刷機を基に印刷機を制作して、コンベヤーベルトに紙を載せた。ローラーが天井を横切り、壁を上へ下へと走っていたら面白いだろうと思った。そのほうがダイナミックで面白くなるし、最後に爆発させる物も増える」

[上・右頁] ルーナ・ラブグッドの父ゼノフィリウスが発行している『ザ・クィブラー』。当初は月蛙や雪男追跡についての記事を載せた低俗なタブロイド紙のようなものだったが、魔法省に対抗して違う観点から論陣を張り、ハリーを忠実に支持した。[上中] めらめらメガネを掛けているルーナ（イヴァナ・リンチ）。『ザ・クィブラー』の人気号のひとつには、ラックスパートを見付けられる取り外し可能なめらめらメガネが付いていた。[下]『ハリー・ポッターと謎のプリンス』で、その号をルーナがホグワーツ特急内で配っている場面の絵コンテ。[次の見開き] ゲームや呪文の説明、体験記などを掲載した『ザ・クィブラー』の本文ページ。聞き覚えのあるエドアフォラ・マーガスという名前の人物によって書かれた体験記もある。

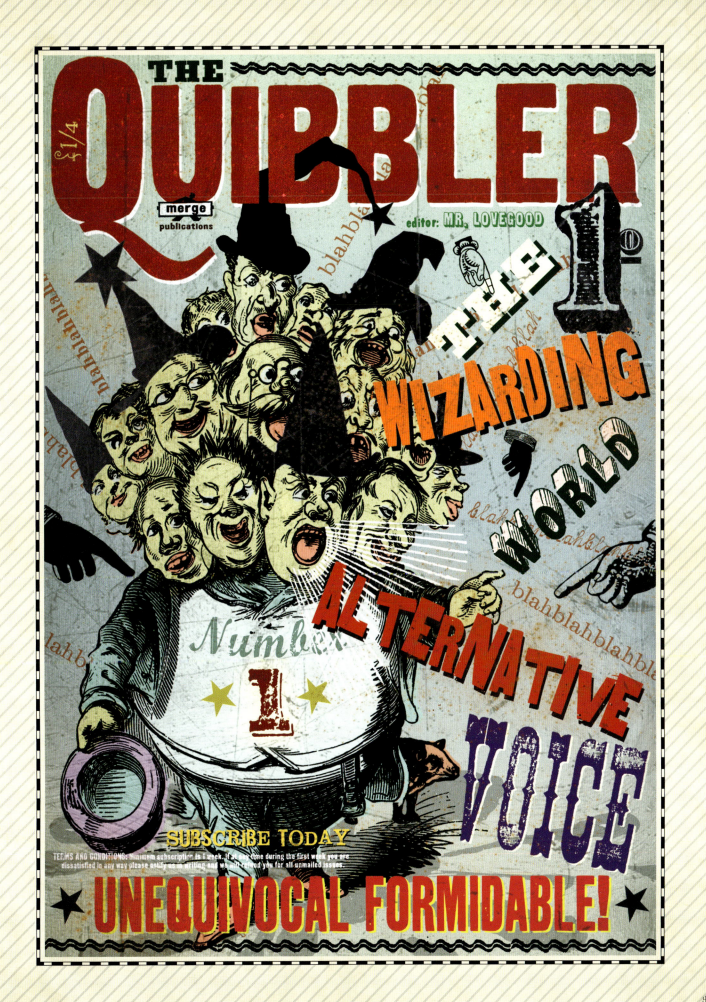

EXCLUSIVE

THE LEAD SINGER OF "THE HOBGOBLINS" & MINA LIMA ARE THE SAME PERSON!

EXCLUSIVE

SPELL STEPS OF THE WEEK:

WAKEFIELD'S SAMBATA

EXCLUSIVE

WRACKSPURTS — UNFUSS THE MYSTERY

DR. SHAMAN REPORTS

GINGER WITCH ARRESTED IN CAXAMBU WITH FAKE HENNA

NEXT WEEK

MUGGLE WORLD BARCODE — WHAT'S THE POINT?

by a Ministry Insider

GAMES

Check this week's answer by sending us an owl

CORNELIUS "GOBLIN CRUSHER" FUDGE

POWER + GOLD = FUDGE

NEXT WEEK

GOBLINS COOKED IN PIES!

by a Ministry Insider

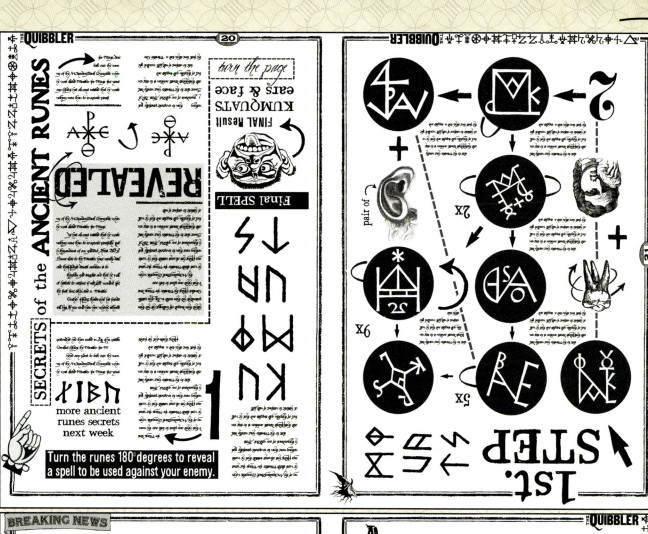

書籍

「あの恐ろしく頭の悪いネビル・ロングボトムも、鰓昆布のことがずばり書いてある本を俺がやらなきゃ、鰓昆布をお前にやったと思うか？」

アラスター（マッド-アイ）・ムーディになりすましたバーティ・クラウチ・ジュニア
『ハリー・ポッターと炎のゴブレット』

ハリー・ポッター映画で制作された書籍は、ホグワーツでの授業に必要な教科書だけでなく、ハグリッドの小屋やダンブルドアの校長室の本、ホグワーツ図書室（通常の書棚と閲覧禁止の書棚）の本、ネビルが『ハリー・ポッターと炎のゴブレット』でハリーを助けるのに役立った本、ハーマイオニーが『ハリー・ポッターと死の秘宝1』で旅に持って行った本など、多数にわたります。本は近くに映ったり、生徒が手に持ったり、遠くに映ったりしますが、用途や映り方の違いによって素材や作りが決まります。ダンブルドアの部屋の棚に並んでいる本は、ロンドンの電話帳に偽の表紙を付けて装丁し直し、ほこりをかけたものです。ホグワーツ図書室にもこれと同じ方法で制作した本が並んでいますが、宙を飛んで元の場所に収まる本もあり（例えば『ハリー・ポッターと謎のプリンス』）、これらは、ステファニー・マクミランのチームが軽い素材で制作しました。「宙を飛ぶ」映像は、緑色の手袋をしたスタッフが書棚から手を伸ばし、エマ・ワトソン（ハーマイオニー）から差し出された本をつかむところを撮影して制作されました。図書室に積まれた本と、フローリシュ・アンド・ブロッツ書店で重力に逆らうように曲がって積まれた本は、小道具部が制作したもの。本に穴を開け、ビーズに糸を通す要領で、曲げた金属製の棒をその穴に通してあります。

[頁上]『ハリー・ポッターとアズカバンの囚人』の最後、ホグワーツを辞職したばかりのリーマス・ルーピン教授とハリー・ポッターが、いくつかに分けてたばねた本のそばで話す場面。[左上]『ハリー・ポッターと死の秘宝1』より、積み上げられた悪趣味な本『アルバス・ダンブルドアの真っ白な人生と真っ赤な嘘』。[右頁]フローリシュ・アンド・ブロッツ書店で危なっかしく積み上げられた本。『ハリー・ポッターと秘密の部屋』の参考写真。[右]『ハリー・ポッターと謎のプリンス』のホグワーツ図書室で、ハーマイオニー・グレンジャーの手から「宙を浮いて」棚に戻った本は、実はスタッフが手で受けていた。

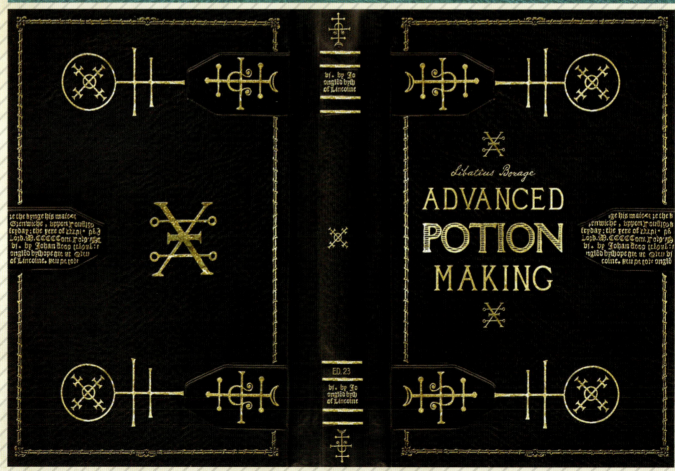

130 魔法グッズ大図鑑

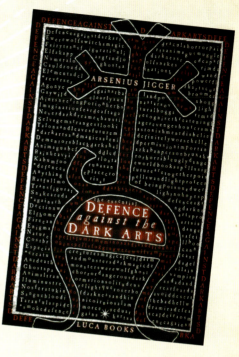

教科書

「まったく。本読まないの？ あなたたち」
ハーマイオニー・グレンジャー／『ハリー・ポッターと賢者の石』

[頁上（左から）] ルビウス・ハグリッドが持っていた『趣味と実益を兼ねたドラゴンの育て方』、マクゴナガル教授による変身術の授業の1年生用教科書（2点とも『ハリー・ポッターと賢者の石』より）、闇の魔術に対する防衛術の3年生用教科書（『ハリー・ポッターとアズカバンの囚人』より）。[上]『ハリー・ポッターと炎のゴブレット』のために制作された、闇の魔術に対する防衛術の教科書と生徒のノート。[左頁上] 精巧な切り絵をあしらった本の表紙。『ハリー・ポッターと死の秘宝1』でハーマイオニーが持って行った20冊のうちの1冊。[左頁下]『上級魔法薬』のおそらく初版。表紙は革製で、記号が金で型押しされている。

ホグワーツの生徒には、新学年が始まる前に、その学年で履修する教科に必要な教科書の一覧が送られてきます。グラフィックス部では、中のページの文章や、題字の表現、本のデザインや装丁に取り組みました。ミラフォラ・ミナはこう語っています。「製本業者と密接に組んで、伝統的な技法や工程について学んだ。『製本というのは普通はこういうものだ』という限界を押し広げて、金属やシルクや金箔を使って表紙を作る方法を知りたいと思っていたので、他の職人と関わることができ、素晴らしい経験になった」

ミラフォラ・ミナとエドアルド・リマは古い本をたくさん集めて、製本と内容を参考にしました。また、本が古くなるとどうなっていくか、例えば、毎日・毎年使っていくとどこが壊れるかなども観察しました。ミナとリマの助手、ローレン・ウェイクフィールドもチームに加わり、最終的なデザインが決まると、次は、同じ本でも大きさを違えたものが制作されました。大きさは映り方によって決まります。「生徒が使うのは普通の大きさの本だが、クローズアップして撮影する場合、特に、『上級魔法薬』のように手書きの文字の場合は、本を25パーセントから50パーセント大きめにする」とリマは説明しています。

中のページは、グラフィックス部が本の題材に合わせて約20ページ分の文章を書き、目標の厚みになるまでその文章を繰り返して、製本しました。主役が手に持って使う本は、通常8部以上制作しました。教科書は、クラスの人数分の20〜30部のほか、スタントで壊れたり、撮影中にうっかり駄目にしてしまったときのために、予備として数部制作しました。著者名が原作に書いていない場合は、友人、家族、グラフィッ

出版物 131

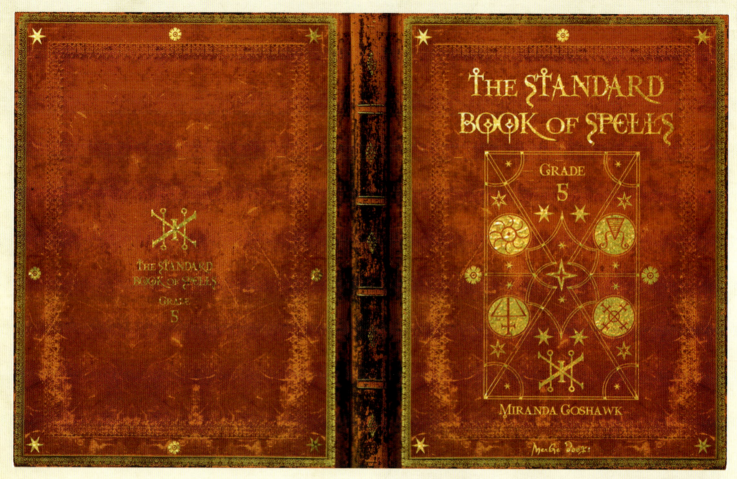

クス部のスタッフの名前を取りました。『忘れ去られた古い魔法と呪文』の著者はE.リマス（エドアルド・リマから）、『古代ルーン語のやさしい学び方』の著者はローレンズ（ローレン・ウェイクフィールドから）、『新数霊術理論』の著者はルコス・カルゾス（ミラフォラ・ミナの息子の名前から）です。フローリシュ・アンド・ブロッツ書店には相当の数が要るので、魔法界風の題名を考え出しました。例えば『完全図解　空飛ぶじゅうたんの歴史』、『アルプス山脈をさすらう木』）。中には、『魔法使いは海王星から、魔女は土星からやってきた』のように、マグル界の本に似た本もあります。出版社名には、「ルカ・ブックス」、「ウィニカス・プレス」（グラフィックアーティストのルース・ウィニックから）、「ミナリマ・ブックス」など、見覚えのある名前が使われています。

『ハリー・ポッターと死の秘宝1』で、ハーマイオニー・グレンジャーは、分霊箱を探す旅に出るとき、検知不可能拡大呪文をかけたビーズ付きの小さなバッグに、役に立ちそうな本を多数入れて、持って行きました。ミナとリマは、ハーマイオニーがポリジュース薬を作るのに使った『最も強力な魔法薬』などすでに登場した本に、他の本も加えて、およそ20冊を選びました。本を決めるときは、ハーマイオニーの立場になって想像したそうです。「『彼女だったら旅にどれを持って行くだろう』と考えるのは楽しかった。脚本のバッグの描写では、バッグを振ると、積み上げた本が崩れるすごい音がする。映画では全部見られないのが残念だけど」（ミナ）

[頁上]『ハリー・ポッターと不死鳥の騎士団』に登場した5年生用の『基本呪文集』。[上]『ハリー・ポッターと死の秘宝1』でハーマイオニー・グレンジャーが持って行ったルーン語辞典。[右頁上]『賢者の石』に登場した1年生の必須教科書『幻の動物とその生息地』。[右頁下] バチルダ・バグショット著『魔法史』。この本は映画シリーズの各所に登場するが、このバージョンには『死の秘宝1』でヘイゼル・ダグラスが演じた著者の写真が付いている。[次の見開き] ハリー・ポッターシリーズに登場した本の数々。学校の教科だけでなく、スポーツから心理学、社交まで、幅広い内容の本が製作された。

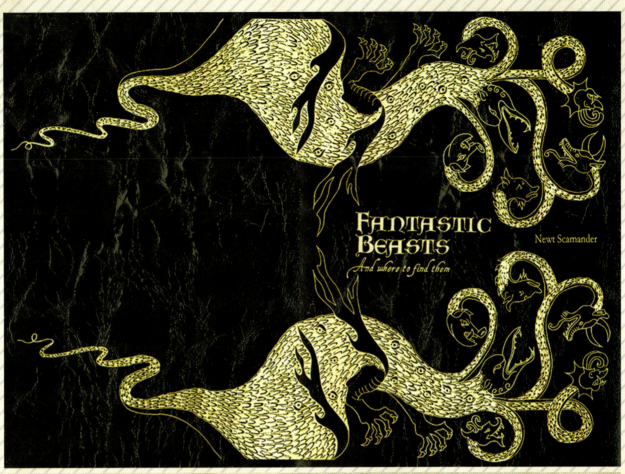
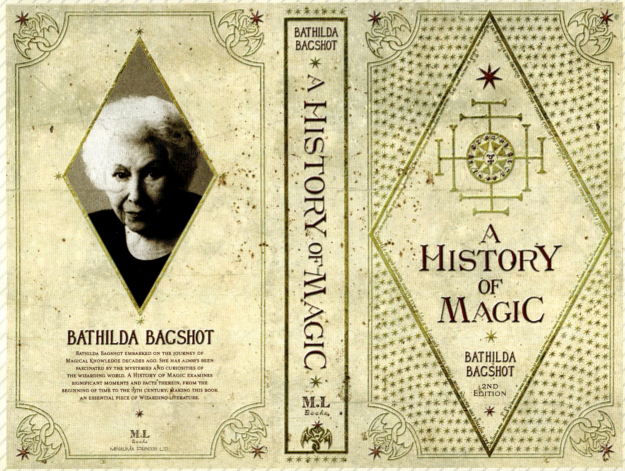

出版物 133

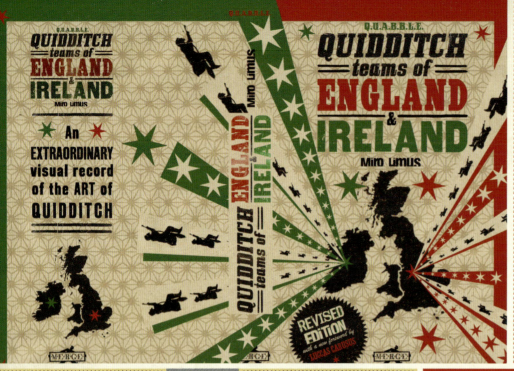
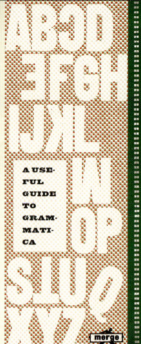

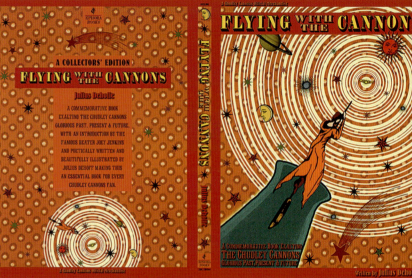
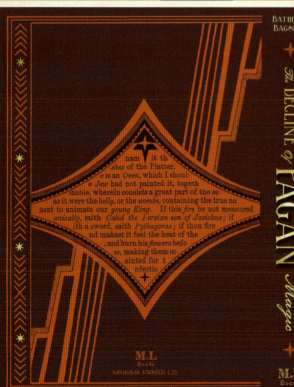
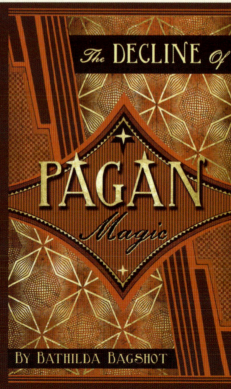
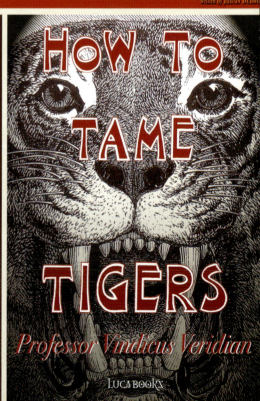

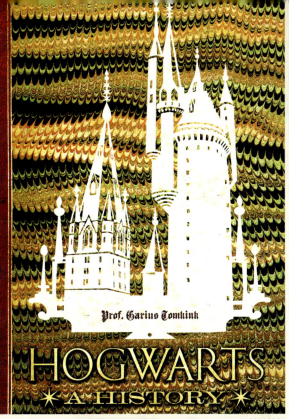
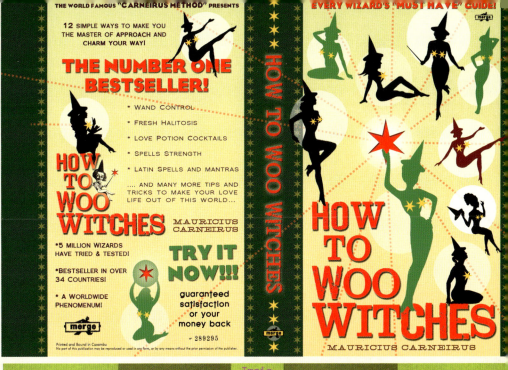
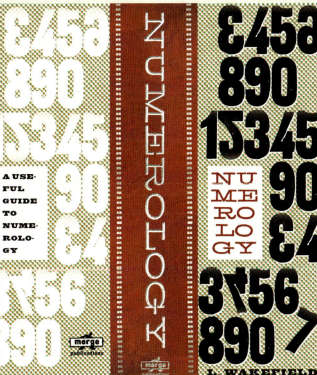
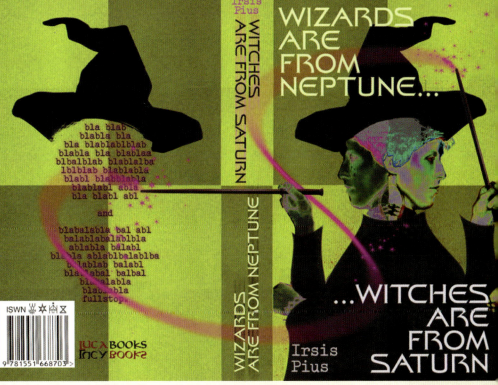
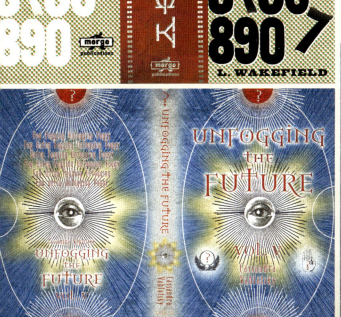

ギルデロイ・ロックハートの著書
『私はマジックだ』ほか

「ハリー君が私の自伝『私はマジックだ』を買おうと、フローリシュ・アンド・ブロッツ書店に今朝、足を踏み入れたとき、――ついでながら、この本は現在、『日刊予言者新聞』のベストセラーリストで27週連続1位を飾っているわけですが――彼は思ってもみなかったのです。この店を出るときに、その本だけでなく私の全集を手にしているとは――無料でね」

ギルデロイ・ロックハート／『ハリー・ポッターと秘密の部屋』

『ハリー・ポッターと秘密の部屋』に登場するギルデロイ・ロックハートの自伝的冒険記のデザインは、その前の第1作で本のデザインに関してグラフィックアーティストたちが受けていた指示とはかけ離れたものとなりました。「空港で買うような質の悪い陳腐な本とまでは行かなくても、大衆受けを狙って作られた本のような見た目にしたい」という意向が、J.K.ローリングから伝えられたのです。ミラフォラ・ミナは、これを聞いたとき、実はパニックになったと告白しています。「それまで作り上げてきた、とても歴史的に豊かなビクトリア様式やゴシック様式の世界に、どうやったらそのような物を組み入れられるのか、と思った」

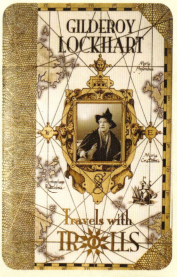

どうなるのかさまざまな可能性をよく考えてみたミナは、ロックハート自身がデザインの鍵となることに気付きました。ミナはこう説明しています。「ロックハートはペテン師なので、必死に自分の姿を取りつくろっているという印象を出すため、表紙に偽物の革を使った。ヘビ革やトカゲ革の見た目をまねた表紙がぴったりだと思った。これなら、ロックハートが荒野で冒険したこととつながる。出来上がった表紙は、ロックハートにふさわしく悪趣味でひどいものになった。この方向で行ったことで、単に明るく派手な色を模索するよりずっと良いものができた。ノスタルジックな雰囲気もあるが、それでも表面的で薄っぺらい」

本に使用する紙も検討しました。「最初に選んだのは、向こうが透けて見えそうなほど薄い紙。とても安っぽい感じが出ると思った。好評だったが、見本を作ってみたら、印刷と撮影がとんでもなく大変になることに気付いたので、仕方なくそれより厚い紙を使った」とリマ。闇の魔術に対する防衛術の授業では、生徒全員がロックハートの全著書を購入しなければならなかったため、同じ本が何冊も制作されました。

ロックハートの著書の表紙でとりわけ目立つのは、自身の肖像です。ミラフォラ・ミナとエドアルド・リマは、写真の背景の案をいくつか出し、それに基づいて、動く写真を撮影するのと同じように、小規模のセットと衣装が制作され、シーンの撮影が行われました。「何をやるにも伝統的ないつものスタイルから一歩踏み出せて、すごく楽しかった」とミナは言います。本はすべて2通り制作されました。「書店用と、ロックハートが本にサインしているシーン用には、緑の素材を張った本を制作したが、完全に仕上げた本も何種類も制作した」とミナ。あまり近くで映らない場合（ロックハートの授業で教室の後ろの方に座っている生徒用など）には、表紙が動かないものが使われました。

136　魔法グッズ大図鑑

怪物的な怪物の本

「さーてと、おしゃべりはやめて、そこに集まれや。49ページを開いて」
「いったいどうやって？」
「ただ本の背をなでりゃいいんだ。やれやれ」
ルビウス・ハグリッドとドラコ・マルフォイ／『ハリー・ポッターとアズカバンの囚人』

ハグリッドが『ハリー・ポッターとアズカバンの囚人』で魔法生物飼育学の教授に就任したときに生徒に指定した教科書『怪物的な怪物の本』。この本のデザインについてはさまざまな案が出され、尾やかぎ爪付きの足があるもの、本の背にとげが付いているものもありました。どの案にも共通していたのは、目（数はさまざま）、鋭い乱ぐい歯、そしてたくさんの毛皮でした。案を練っていくうちに、縦長だった「顔」は、向きを90度変えて横長になりました。このほうが、本が開く部分（小口）が怪物の口に一致するため、都合が良かったのです。目は最初、中央にありましたが、本の背の近くに移動し、また中央に戻りました（目の数は4つに決まりました）。ミラフォラ・ミナは、本のしおりを怪物の舌に見立てた独創的なデザインも考えました。また、題字の書体をデザインし、表紙の著者名を「エドワルダス・リマス」にしました。

本を作る際、グラフィックス部はページを埋める文章を作る作業を任されるのが普通ですが、この本の場合はイラストが必要だったので、おなじみの怪物（小鬼、トロール、ピクシー小妖精）が登場しています。コンセプトアーティストのロブ・ブリスが考案した、動く植物、四つ足のヘビ、トロールとニワトリの中間のようなものなど、見慣れない怪物もあります。『ハリー・ポッターとアズカバンの囚人』の最後のクレジットに映る忍びの地図をよく見ると、「怪物的な本修理作業室」という部屋があるのが分かります。

［左頁］『ハリー・ポッターと秘密の部屋』のために制作された、ギルデロイ・ロックハートのうさん臭い自伝。［上］目が本の背にある『怪物的な怪物の本』のビジュアル開発アート。ミラフォラ・ミナ制作。『ハリー・ポッターとアズカバンの囚人』に登場した。

[左頁・左と下4点] ミラフォラ・ミナが考案したさまざまな『怪物的な怪物の本』。かぎ爪の付いた足で立ち、とげだらけの尾が付いているものもある。[頁下] 本のページには、屋敷しもべ妖精やマンドレイクの根に関する記述もあり、グラフィックアーティストによるユニークなイラストが描かれている。

出版物 139

闇の魔術に対する防衛術
初心者の基礎

「今後は、慎重に構築された魔法省の指導要領どおりの
防衛術を学んでまいります」

ドローレス・アンブリッジ／『ハリー・ポッターと不死鳥の騎士団』

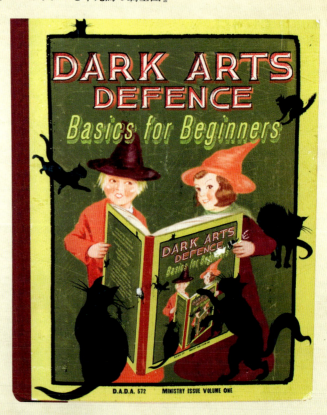

『ハリー・ポッターと不死鳥の騎士団』で闇の魔術に対する防衛術の教授に新しく就任したドローレス・アンブリッジは、実践でなく理論を教えるべきだという独自の考えを持っていました。アンブリッジが選定した教科書は、どう見ても年少者向けの外見です。ミラフォラ・ミナは、「あのデザインは完全に、『生徒を小学生レベルに落とす』ことが目的。そのことが映像でさっと分かるようにした」と説明しています。ミナは、1940年代から50年代までの教科書のデザインと作りを参考にしました。デザインされた教科書は分厚く、背には布がのり付けされ、表紙と裏表紙には絵が印刷してあります。表紙の絵は、他の教科書の複雑で手の込んだデザインとは対照的です。「魔法使いに扮した子供たちが本を読んでいて、その本の表紙には同じ子供たちが本を読んでいる絵が描かれ、その本の表紙には同じ子供たちが本を読んでいる絵が描かれ、それが無限に続く」とミナ。グラフィックスチームは、中のページに厚い紙を使うことにしました。そのほうが、本の内容があまりないという印象を与えることができると思ったからです。

[右]『ハリー・ポッターと不死鳥の騎士団』で、闇の魔術に対する防衛術のドローレス・アンブリッジ教授が指定した、闇の魔術に対する防衛術の教科書は、幼稚で役に立たない内容のものだった。[上] 中のページには味気ないイラストが描かれ、グラフィックス部が制作した退屈な内容の文章が書かれている。[右頁左] 使い込まれた『上級魔法薬』第2版。『ハリー・ポッターと謎のプリンス』でハリー・ポッターの手に渡ることになった。[右頁右] 半純血のプリンスの『上級魔法薬』の見返しに見られる書き込みは、映像に登場するさまざまなサイズの本に合わせて、デジタル処理で複製された。

上級魔法薬

「小刀でつぶすと汁がよく出る」
ハリー・ポッターが持っている教科書に半純血のプリンスが残した書き込み／『ハリー・ポッターと謎のプリンス』

ダンブルドアは、元魔法薬学教師ホラス・スラグホーンを復職させました。これは、スラグホーンが教え子のトム・リドルに分霊箱について話したか、確認するためでした。ハリーは、スラグホーン教授の魔法薬学の授業で大成功を収め、そのおかげで教授と親密になり、教授から情報を聞き出すことができました。ハリーの成功の秘密は、謎めいた有能な「半純血のプリンス」による書き込みがある『上級魔法薬』の本でした。年度初め、ハリーとロンは魔法薬学を取るつもりではなかったのですが、マクゴナガル教授に促されて魔法薬学の教室に向かいます。2人とも指定された教科書を持っていませんでしたが、奥の戸棚に余分があるとスラグホーン教授に言われます。2冊あった本のうち1冊は新しく、もう1冊はぼろぼろで汚れていました。2人は戸棚に飛び込んで本を奪い合いますが、ロンが勝って新しい本を手にし、ハリーに残ったのは使い古しの本でした。困った状況に陥ったハリーですが、これが物語の重要な鍵となります。

ミラフォラ・ミナはこう説明しています。「古いほうの本には秘密や情報がたくさん隠されていて、ハリーがそれを手に入れることで物語が展開していく。だが、2人はそのことをまだ知らないので、2人とも新しい本を欲しがる。それを観客に示す時間は、2、3秒しかなかった。子供のころを思い出してみると、誰でも『ぴかぴかのがいい。あの変な汚いのはいらない』と言ったはず。同じ本だが新しい版と古い版だということがすぐ分かるようなデザインが必要となった」。古い版の本はすり切れていて、書体と煙が出ている大鍋の絵はビクトリア風です。新しい版はサイズがそれよりやや小さく、シンプルですっきりしたデザインです。大鍋が描かれている点は同じですが、図案化が進み、より現代的です（とは言っても1950年代ですが）。

ハリーが使うことになった『上級魔法薬』の本には、余白や本文に、以前の所有者による書き込みがありました。これはミナが手で書いたものです。「私がセブルス・スネイプの筆跡（の担当）だったので、スネイプだったらどう書くかを想像した。きれいに同じ方向には書かず、あれこれ考えを書いたり消したりしただろうと思った」。クローズアップの場合と中ぐらいの距離からの撮影の場合では、撮影に使う本の大きさが異なるため、ミナが「主人公版」に書き入れた文字がスキャンされ、それをデジタル処理で別の版の本に入れてから印刷が行われました。

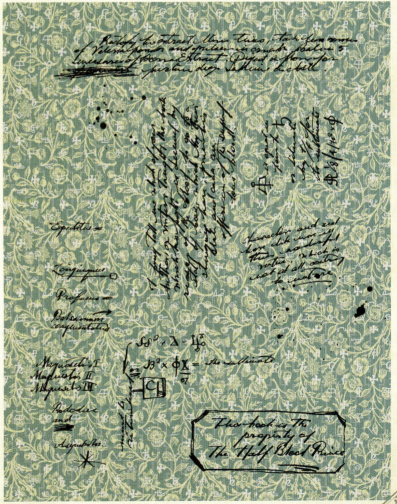

アルバス・ダンブルドアの真っ白な人生と真っ赤な嘘

「リータ・スキーターが秘密をすべて解き明かしたそうだ。
実に800ページに及ぶ本だとか」
ミュリエル・ウィーズリー/『ハリー・ポッターと死の秘宝1』

タブロイド紙の記者リータ・スキーターが書いた伝記『アルバス・ダンブルドアの真っ白な人生と真っ赤な嘘』。『ハリー・ポッターと死の秘宝1』に登場したこの暴露本は、ギルデロイ・ロックハートの著書と同じように、低俗で安っぽい見た目にすることになりました。ミラフォラ・ミナとエドアルド・リマはまたしても呆然としました。「この世界でこんな人工的なものを出版するなんて、と思った。でも、スキーターが派手でいかがわしいというのは、もう分かっていたこと。彼女は大衆の感情をあおるのが好きなので、すごく人工的な色、技法、仕上げのデザインにした」とミナ。表紙の絵はけばけばしく、本の背と縁の毒々しい緑色は、裏表紙でスキーターが着ている服（『ハリー・ポッターと炎のゴブレット』で最初に登場したときに着ていた衣装）とマッチしています。この本は、映画シリーズでは数少ないペーパーバックで、中の紙は非常に薄いものが使われています。

[上] リータ・スキーターがアルバス・ダンブルドアについて書いた暴露本のどぎつい表紙。『ハリー・ポッターと死の秘宝1』で、ハーマイオニーはこの本を読んでダンブルドア家のことを知った。[右] アルバス・ダンブルドアがゲラート・グリンデルバルドに宛てて書いた手紙。『真っ白な人生と真っ赤な嘘』に掲載されている。

142　魔法グッズ大図鑑

吟遊詩人ビードルの物語

「ハーマイオニー・ジーン・グレンジャーに
『吟遊詩人ビードルの物語』を遺贈する。
読んで面白く、役に立つことを願う」
アルバス・ダンブルドアの遺言を読むルーファス・スクリムジョール
『ハリー・ポッターと死の秘宝1』

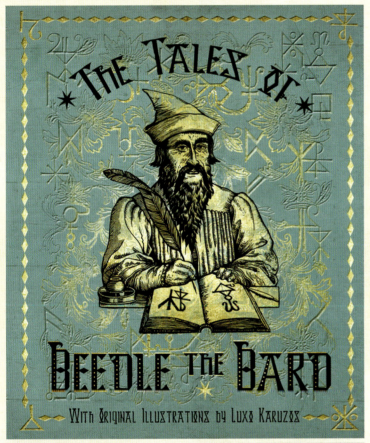

吟遊詩人ビードルが書いたこの物語集は、グリム兄弟やアンデルセンのおとぎ話に相当するものです。ハーマイオニー・グレンジャーは、ダンブルドアから贈られた本の中の物語のひとつ「三人兄弟の物語」を読んで、死の秘宝の歴史と将来的な意味をよく知ることができました。「三人兄弟の物語」は、3人の兄弟が「死」を出し抜こうとして、ニワトコの杖、蘇りの石、透明マントという3つの秘宝が生まれたという物語です。ミラフォラ・ミナとエドアルド・リマは、「これは子供の本だが、その中の物語には重みがあるということを感じさせるデザインがいい」と考えました。本は小型で、それぞれの物語の初めには、細かいレースのようなレーザー加工の精巧な挿絵があります。この「描き下ろしの挿絵」を描いた画家の名前は「ルクソ・カルゾス」となっていて、やはりミナの息子の名前をもじったものです。監督は、挿絵にズームインし、挿絵を通り抜けてアニメの「三人兄弟の物語」に移るつもりでしたが、この案は最終的な映画では実現しませんでした。

ミナとリマは、重要な小道具については、デザイン後に映画製作者に見せて承認を受けていましたが、『吟遊詩人ビードルの物語』の場合も、未完成の段階で承認に回しました。『ハリー・ポッターと死の秘宝1』を撮影中のある日、セットを訪れていたJ.K.ローリングに、製作のデイビッド・ヘイマンがその本を見せました。リマが当時を振り返ります。「ローリングはそれを見て、『あら、1部欲しいわ』と言った。『まだ出来ていないので、完成するまで待ってください』と言うと、分かったと言って本を返してくれた。でも、すぐにまた、『ほんとに申し訳ないんだけど、どうしても今もらいたいの』と言って、私をぎゅうっと抱き締めた。『えっ?』という感じだったが、ローリングがとてもお茶目で、断れなかった」

[上] シークエンス・スーパーバイザーのデール・ニュートンが照明チームとアニメーションチームのために制作した、「カラーキー」と呼ばれる参照用アート。『ハリー・ポッターと死の秘宝1』の「三人兄弟の物語」の部分で兄弟が川に橋を架けているところを描いている。[中] ハーマイオニー・グレンジャーに遺贈されたアルバス・ダンブルドアの『吟遊詩人ビードルの物語』。死の秘宝を追うハーマイオニーたちに、重要な手掛かりを与えてくれた。表紙デザインはミラフォラ・ミナとエドアルド・リマ。[左]「死」が次男を連れ去るところを描いた、アニメーション・ディレクターのベン・ヒボンによるカラーキー・アート。

魔法省の出版物

「ハリー・ポッター　問題分子ナンバーワン」
日刊予言者新聞の1面／『ハリー・ポッターと死の秘宝1』

イギリス魔法界の政府である魔法省は、魔法大臣の監督の下、魔法の法律を制定し執行することを主な任務としています。ハリー・ポッターがホグワーツに入学してから最初の5年間の魔法大臣は、コーネリウス・ファッジでした。魔法省は、ヴォルデモート卿の復活を否定し、疑問視していましたが、その後はしぶしぶ認めるなど、揺れ動きました。『ハリー・ポッターと不死鳥の騎士団』では闇の力が再び結集しつつあることが明らかになり、『ハリー・ポッターと死の秘宝1』では闇の力が権力を握ることにより、魔法省の乗っ取りが避けられなくなりました。デスイーター（死喰い人）や、ヴォルデモート卿に絶対的な忠誠を誓う職員が魔法省に関わるようになって魔法省が様変わりすると、それに伴って、官僚組織につきものの書類や出版物の見た目や雰囲気も、重苦しく抑圧的なものに変わりました。

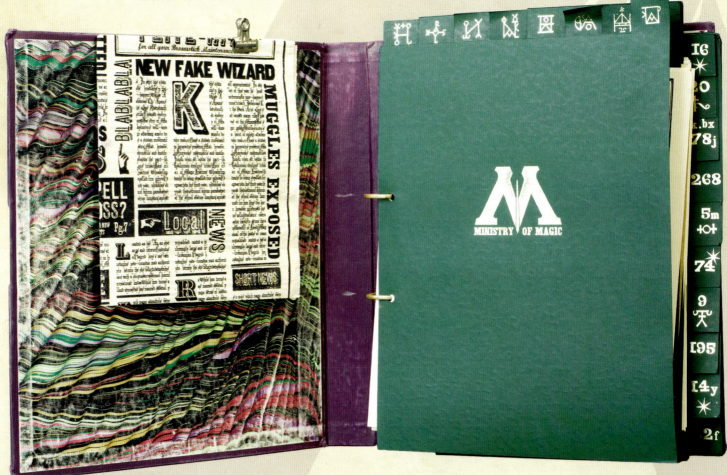

［上］政権が官僚主義的だと、書類も官僚色が濃くなる。グラフィックス部と小道具部では、『ハリー・ポッターと不死鳥の騎士団』で魔法省職員が書類を挟んで持ち運ぶノートやファイルを制作した。［右頁（左上から時計回り）］『不死鳥の騎士団』のために制作された魔法省のメモ飛行機と外来者バッジ。『ハリー・ポッターと死の秘宝1』で、ハリー・ポッターが魔法省のドローレス・アンブリッジの事務室で見付けた、アーサー・ウィーズリーのマグル生まれ登録委員会登録用紙。ハリーの「未成年魔法使いの妥当な制限に関する法令」違反に対する容疑事実と懲戒尋問の時間について書かれた、マファルダ・ホップカークからアーサー・ウィーズリーへの通知（『不死鳥の騎士団』）。魔法省の印章。「未成年魔法使いの妥当な制限に関する法令」違反に関するハリーへの通知（『不死鳥の騎士団』）

魔法省の各種書類

「ご健勝を祈ります。マファルダ・ホップカーク」
ハリー・ポッターへの通知／『ハリー・ポッターと不死鳥の騎士団』

ハリーが映画で初めて魔法省を訪れたのは、『ハリー・ポッターと不死鳥の騎士団』で、未成年者の魔法使用（守護霊の呪文で吸魂鬼2体を撃退した）の容疑で懲戒尋問に呼び出されたときです。グラフィックス部は、外来者バッジ、公印、メモ飛行機、各種通信文書など、魔法省のさまざまな書類を制作しました。

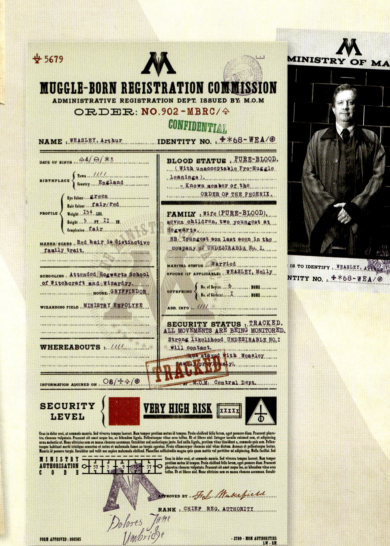

出版物 145

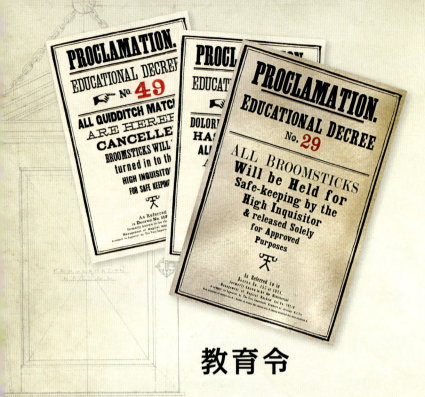

教育令

「教育令第23号 ドローレス・ジェーン・アンブリッジ
をホグワーツ高等尋問官に任命す」

掲示された告示／『ハリー・ポッターと不死鳥の騎士団』

教育令は魔法省によって作られた法律で、表面的には、ホグワーツの規律を高め、生徒の違反に対し罰を与えることを目的としています。『ハリー・ポッターと不死鳥の騎士団』でドローレス・アンブリッジは、闇の魔術に対する防衛術の教授に在職していたときに、新たな教育令を制定しました。教育令の告示は、魔法省がダンブルドアから学校の支配権を奪うことをもくろんで実施したものです。告示の一番下には、法律専門委員会の承認を必要とすることが書いてあります。また、教育令の最後の行（額縁に隠れて見えない）には、「Blah blah blah bl Ahbla Blah . . . Bla Blah blabish.」（「ブラー」は「うんぬん」のように意味のない言葉）とありますが、これはお役所言葉をからかってまねたものです。

[左上]『ハリー・ポッターと不死鳥の騎士団』でドローレス・アンブリッジは、魔法省によって任命された高等尋問官として、ホグワーツの生徒を弱体化させ支配することを狙いとした教育令を100以上作った。[左] 大広間の扉の周りに掲示された教育令。ゲイリー・ジョブリングによる設計図。[上] 管理人アーガス・フィルチがまたしても石の壁に告示を打ち付けて掲示する場面を描いた絵コンテ。[右頁上] 魔法省身分証明帳の表紙。[右頁中・下] マファルダ・ホップカーク（ソフィー・トンプソン）とレジナルド・カターモール（ステファン・ロードリ）の身分証明書。

魔法省身分証明書

ハリー、ロン、ハーマイオニーは『ハリー・ポッターと死の秘宝1』で、ポリジュース薬を飲んで魔法省職員に変身し、身分証明書を使って魔法省に潜入しました。制作された身分証明書は写真が動くものと動かないものがあり、写真が動くものは、静止した普通の写真の代わりに緑色の紙を張って撮影されました。

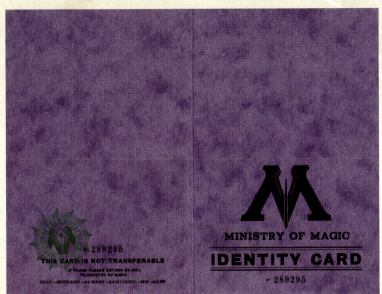

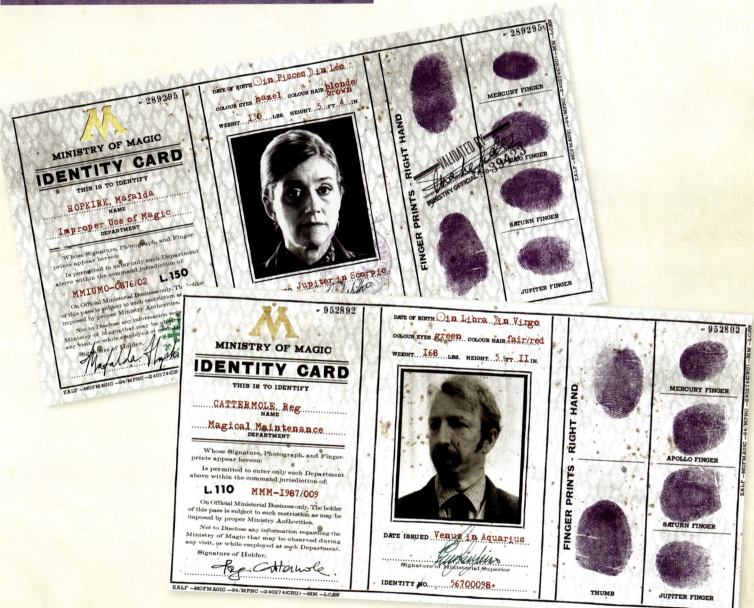

マグル生まれ登録委員会

「私は半純血だ！ 父は…父は魔法使いだった！」
連行されおびえる男／『ハリー・ポッターと死の秘宝１』

ドローレス・アンブリッジは魔法省でさまざまな職を務めていますが、「マグル生まれ登録委員会委員長」ほどおぞましい職はないでしょう。この委員会は『ハリー・ポッターと死の秘宝１・２』で、純血でない魔法使いを登録し、迫害しました。ハリーはアンブリッジの机を探っていて、不死鳥の騎士団の団員が登録されている用紙を見付け、亡くなった団員の写真に大きな赤いバツ印が付けられているのを見て、ぞっとします。

［下］グラフィックス部は、マグル生まれ登録委員会による審理で使う多数の書類を制作した。メアリー・カターモールに関するこの書類は、『ハリー・ポッターと死の秘宝１』でドローレス・アンブリッジの審査を受けた。［右］ハリー・ポッターは、アンブリッジの机の中に、友人や大切な人の登録用紙があるのを見付けた。［右頁］『死の秘宝１』で「穢れた血」宣伝用文書に使われたグラフィックは、冷戦時代のソビエト連邦によく見られた、がっちりした無駄のない様式を意識したもの。

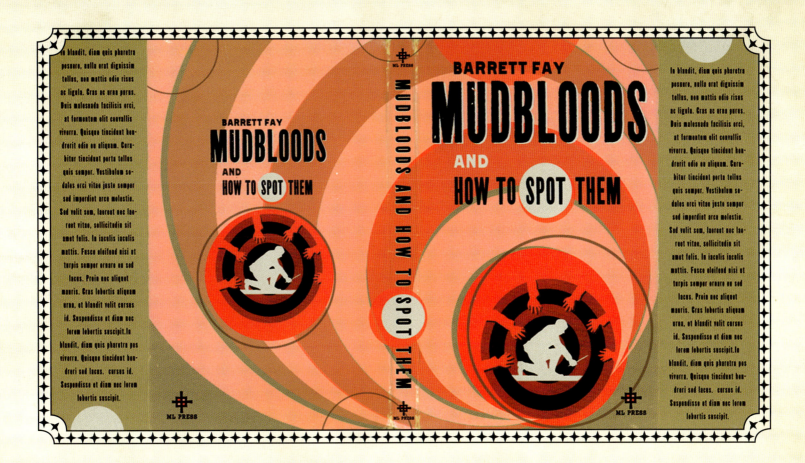

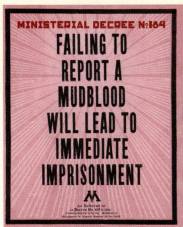
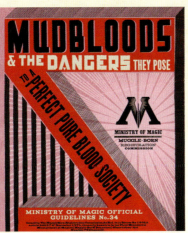
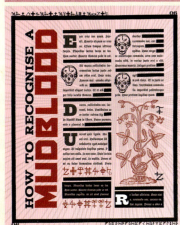

「穢れた血」宣伝パンフレット

「仕事に戻って。落ち着いて」
マグル生まれ登録委員会事務局の魔法使い
『ハリー・ポッターと死の秘宝1』

アンブリッジの事務局は『ハリー・ポッターと死の秘宝1』で、『穢れた血の見分け方』などの反マグル文書も配布していました。デイビッド・イェーツ監督は、ミラフォラ・ミナとエドアルド・リマに、第一次世界大戦後の政治的宣伝文書を参考にしてはどうかと提案しました。これらの宣伝ポスターやパンフレットは、目を引き、感情をあおるために、原色と肉太の書体が使われています。この様式は、ホグワーツや魔法界で見慣れたゴシック様式やビクトリア様式とは正反対でした。

出版物　149

指名手配ポスター

「無関心は人命に関わります」
ルシウス・マルフォイ逮捕のポスター／『ハリー・ポッターと死の秘宝1』

グラフィックス部は、善と闇の力の戦いの両陣営の要望に常に応えてきました。初めて制作された指名手配ポスターは、『ハリー・ポッターとアズカバンの囚人』に登場したシリウス・ブラックのもので、手に持っている囚人番号板に表示された記号は、「だいたい人間」というような意味です。エドアルド・リマは、これまで堅苦しい内容の仕事もあったものの、「映画シリーズでの作業で特に楽しかったのは、自分なりのちょっとした仕掛けを自由に加えさせてもらえたことだ。例えば、シリウスの指名手配ポスターでは、逮捕につながる情報をふくろう便で送るようにという文を入れた」と語っています。

初期のポスターはデスイーターの危険について警告する公共安全ポスターでしたが、『ハリー・ポッターと死の秘宝1』では、「問題分子ナンバーワン」のハリー・ポッターの逮捕へ協力を呼びかけるポスターを魔法省が配布するようになり、目に見えて暗い感じになりました。エドアルド・リマとミラフォラ・ミナは、ポスターが悪天候にさらされたり、掲示されているダイアゴン横丁でチンピラに荒らされたりしていることを表現するため、ポスターをわざと傷付けました。

[右・下中]『ハリー・ポッターとアズカバンの囚人』で魔法界中に掲示されたシリウス・ブラックの指名手配ポスター。2種類制作され、ひとつは静止している写真と文字が入った「平坦」なもの、もうひとつは、撮影後の編集段階で俳優ゲイリー・オールドマンの映像を合成して入れられるように、写真の代わりに緑色の素材を貼ったもの。[左下・右下・右頁]『ハリー・ポッターと死の秘宝1・2』で、ダイアゴン横丁とホグズミードの壁に張られたポスター。

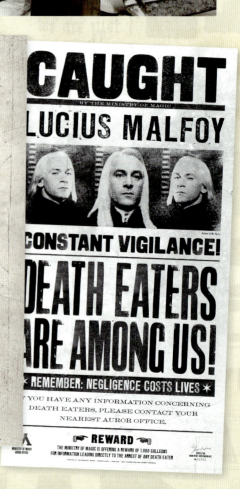

第7章

ウィーズリー・ウィザード・ウィーズ

「さあ、買った、買った！
気絶キャンディー、鼻血ヌルヌル・ヌガー、
新学期に備えてゲーゲー・トローチもあるよ！」

フレッドとジョージ・ウィーズリー
『ハリー・ポッターと謎のプリンス』

ウィーズリー家の双子、フレッドとジョージは根っからの商売上手。ホグワーツ在学中に商売への一歩を踏み出し、ウィーズリー・ウィザード・ウィーズという立派な事業・ブランドへと成長させました。『ハリー・ポッターと謎のプリンス』でダイアゴン横丁に開業した同店は、いたずらグッズや、授業をサボれるずる休みスナック、惚れ薬など、一風変わった独創的な魔法製品を豊富に取りそろえています。

「2人のティーンが経営する4階建ての魔法いたずらグッズ店の商品パッケージを、全部デザインしろと言われるなんて、デザイナーにとって夢のようなこと。2人はデザインのセンスが大してないだろうと思うので、良いデザインという概念は完全に打ち捨てて、ちぐはぐな色の組み合わせや質のひどい印刷技法を使った」とミラフォラ・ミナ。それでも、ミラフォラ・ミナとエドアルド・リマが提出した最初の製品デザインは、きれいで繊細すぎると美術監督のスチュアート・クレイグに言われたそうです。ミナは振り返ってこう語ります。「スチュアートに『もっと低俗にしてもらえないか』と言われたので、花火や爆竹の包装をたくさん見てみた。すごく安っぽくて使い捨てで、印刷がおかしいところが必ずあるから」。紙は質の悪いものを選び、印刷の質が悪くても気にしませんでした。「奇妙な感じだった。右手を使うように訓練されているのに左手で絵を描くようなものだ」とミナは語りました。

ミナとリマは、紙ばかりでなくさまざまな質感のパッケージがそろうように、みやげ物店に行って、小さなブリキ缶など面白そうな物を買って来ました。「買った物を見て、『これのいい点は何か』と考え、意見を出し合う。そして、その点以外の部分に自分たちでグラフィックを付け

た」。制作する商品は、まず原作から全部拾い、さらにコンセプトアーティストとグラフィックアーティストがそれ以外の物を考案しました。大量の商品を短期間で制作し、店の棚を商品で埋めるため、3人だったグラフィックス部は、ほぼ3倍の8人に増えました。「製品デザインはおよそ140種類で、それぞれ200個から4千個製造しなければならなかった」(リマ)。店の全商品の数は推定4万点に上りました。画面に映る時間は2分足らずですが、そのためにこれだけ大量の商品が、すべて内部で制作されたのです。

目を引き付ける箱や瓶の中には、本から取った多数のおもちゃやいたずらグッズが入っています。以前の映画にすでに登場しているものや、その後の映画に登場したものもあります。フレッドとジョージは常に新製品の開発を進めているようで、店の棚には、『ハリー・ポッターと不死鳥の騎士団』で初めて使われた「伸び耳」や、「ずる休みスナックボッ

[3頁前]「ワンダーウィッチ」用ディスプレーのコンセプトアート。アダム・ブロックバンクが『ハリー・ポッターと謎のプリンス』用に制作。[左頁]ニキビがない状態の「10秒で取れるニキビ取り」用ディスプレー。[上]アダム・ブロックバンクが描いた「天気の瓶詰」製品シリーズの容器は、中身の天気をイメージしている。竜巻の瓶はねじれた形で中には小さな竜巻が渦巻き、雨の瓶は上部が傘になっている。吹雪の瓶はスノードームを思わせ、中にはミニチュアの叫びの屋敷が入っている。[右]「ゲーゲー・トローチ」用ディスペンサーの初期のコンセプトアート。[次の見開き]ミラフォラ・ミナとエドアルド・リマが率いるグラフィックス部がデザインしたパッケージとロゴ。派手すぎる色や度肝を抜くような文字デザインは使っていない。

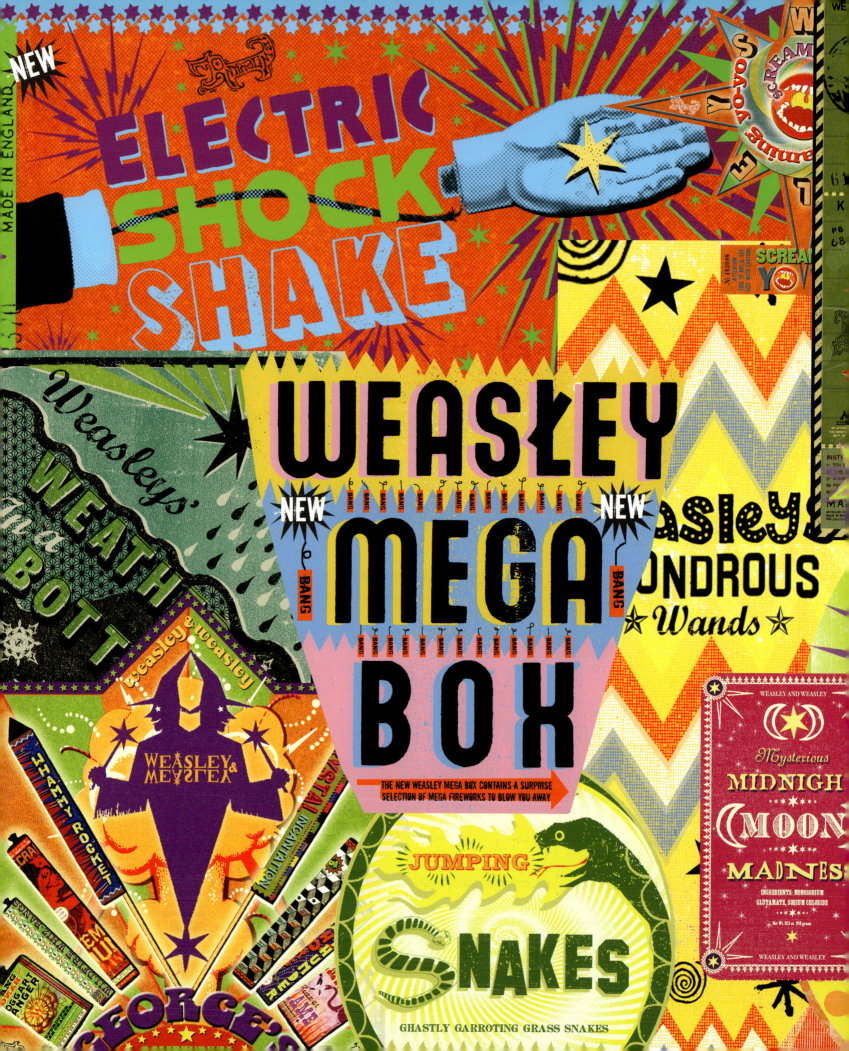

 クス」（鼻血ヌルヌルヌガー、発熱ヌガー、気絶キャンディー入り）などが並んでいます。『ハリー・ポッターと炎のゴブレット』に出てきた闇の印は、闇の力を茶化したおいしいお菓子になって登場しています。ドローレス・アンブリッジが一輪車に乗って、「私の言うことは絶対です！」とぶつぶつ言いながら綱渡りをするブリキのおもちゃもあります。『ハリー・ポッターと死の秘宝1』でハリーが使った、人の注意をそらす「おとり爆弾」も、この店の商品だったようです。店には、フレッドとジョージの父親が所有していた空飛ぶ車フォード・アングリアをまねたおもちゃ、「エピアトモービル」も売っています。

　小道具アートディレクターのハッティ・ストーリーはこう語っています。「店内には主人公小道具がたくさん並んだ。シーンはとても短くて全部を映す時間はないのに、主人公小道具をたくさん作りすぎてしまった。でも、監督がどれを取り上げるか分からなかったので、とにかく全部やった」。しかし、たぶんファンは、この映画、特にこのシーンを繰り返して見るだろう、とストーリーは思っていました。「このような映画では、見るたびに新しい発見があるのが楽しい」。ジェームズ・フェルプス（フレッド・ウィーズリー）も同じようなことを言っています。「ウィーズリー・ウィザード・ウィーズのセットは盛りだくさんで、何日もいたって全部見きれないほどだ」

　商品リストの作成と同時進行で、コンセプトアーティストたちは、店内に置く大きなディスプレーのアイディアを考え出しました。「本に多数描かれているが、実際、どんな外見なのか？」とアダム・ブロックバンク。考案した物のひとつは、店のオリジナル商品「ずる休みスナックボックス」に入っているお菓子「ゲーゲー・トローチ」のディスプレーです。ミラフォラ・ミナとエドアルド・リマが選んだグラフィックスタイルは、1950年代の安っぽいプラスチックやブリキのおもちゃを思わせるものでした。そこでブロックバンクは、1950年代にイギリスで、雑にデザインされた子供や動物などの形の慈善寄付箱が、いろいろな店の外に置かれていたことを思い出しながら、ミナとリマが選んだスタイルを発展させました。「笑えるが同時に気持ち悪いものにしたかったので、ちょっと下手なデザインの子供がバケツに吐いているところにした。実際に吐いているのではなく、ゲーゲー・トローチがどんどん落ちてくるので、そこにカップを差し出してトローチを入れ、レジでお金を払えばいい」

158　魔法グッズ大図鑑

噛みつきフリスビー！

伸び耳！

[左頁右] グラフィックス部は、店のロゴ、広告、注文伝票、領収書など、経営に必要な物をすべて調えた。ここに挙げた領収書の宛名はミラフォラ・ミナの息子ルカ・カルーソから取られている。[左頁左上]『ハリー・ポッターと死の秘宝1』でハリー・ポッターが魔法省で使った「おとり爆弾」のコンセプトアート。ピーター・マッキンストリー制作。[上] アマンダ・レガットによる「おとり爆弾」のデザイン図面。[左上・右上] アダム・ブロックバンクによる「噛みつきフリスビー」と「伸び耳」のビジュアル開発アート。[右] 爆薬のディスプレーの案。

デザインが承認されると、身長1.8メートルの顔色の悪い女の子が、ピエール・ボハナとそのチームによって制作されました。ぐるぐると回り続ける緑と紫の大量のシリコン製トローチの「ゲロ」は、「吐き気がするほど生々しく作られている」とハッティ・ストーリーは表現しています。「10秒で取れるニキビ取り」のディスプレーも制作されました。ブロックバンクはこう語っています。「顔にニキビが現れたり消えたりするようにしようとみんなで思い付いて、ピエールが作った。目をぎょろつかせ、頭も揺れるようになっている」。店の外には、双子の一人をかたどった高さ6メートルの特大ディスプレーがあり、帽子を持ち上げるたびにウサギが現れたり消えたりする、おなじみのマグルの手品をまねています。「幼い魔法使いの子供にとってたまらなく魅力的な場所を作り出したかった。そして、ホグワーツの世界で見慣れた型から、つかの間、抜け出せたらいいなと思った」とミラフォラ・ミナは語りました。

[左下] アダム・ブロックバンクによる「10秒で取れるニキビ取り」のディスプレーのビジュアル開発アート。リモコン操作の装置が頭部に入っていて、ニキビを出したり消したりすることができる。[右2点・右下] キャンディーがえんえんと流れ落ちてぐるぐる回る、「ゲーゲー・トローチ」の派手なディスペンサー。[右頁上] アダム・ブロックバンクによる「叫びヨーヨー」のビジュアル開発アート。[右頁下] ウィーズリー・ウィザード・ウィーズの商品には、「鼻食いつきティーカップ」（左）や、「食べられる闇の印」（右）というグミのようなお菓子もある。ブロックバンクによるコンセプトアートには、このお菓子の厚さと構造が示されている。

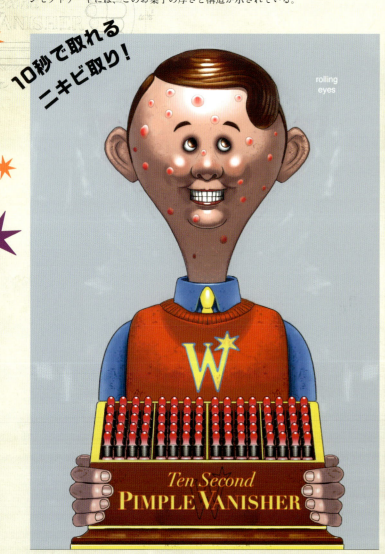
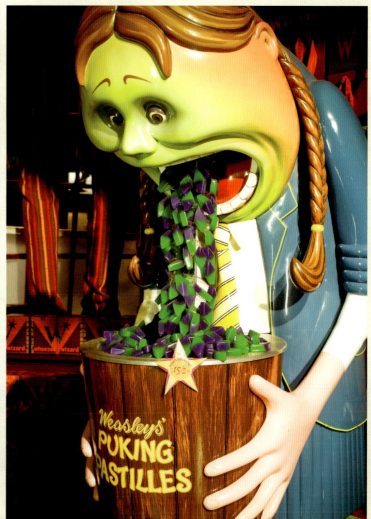

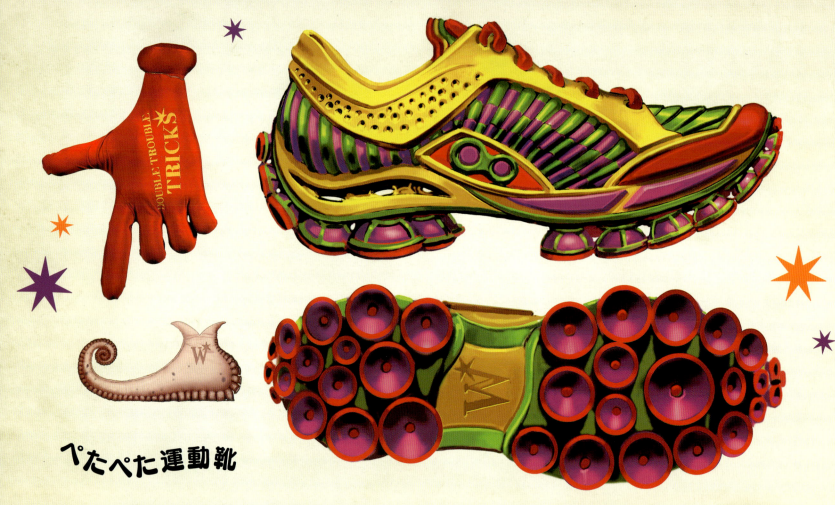

ぺたぺた運動靴

[左頁左上] 指をさすのが礼儀正しいとされる場所は、ウィーズリー・ウィザード・ウィーズだけかもしれない。[左頁] 壁を歩ける「ぺたぺた運動靴」。アダム・ブロックバンク（左中）とピーター・マッキンストリー（右）によるコンセプトアートと、実際に制作されて棚に置かれたもの（下）。[右] 一輪車で綱渡りをする人を描いた2つのコンセプト。アダム・ブロックバンク制作。右端は一輪車に乗ったドローレス・アンブリッジの最終コンセプト。[下] グラフィックス部がデザインし、ラベル付けをした「ワンダーウィッチ」製品。[背景] ハッティ・ストーリーによる惚れ薬の瓶の設計図。

ウィーズリー・ウィザード・ウィーズの商品は、グラフィックス部がパッケージをデザインし、小道具部がそれを複製して何千種類もの商品を制作したが、たった2分足らずのシーンで映し出された。[左頁]商品はいたずらグッズやおもちゃだけではない。例えば、「ウンのない人」は、「例のあの人」のことを考えて頭が働かなくなってしまったときに、その症状を和らげるのに使える錠剤。ただし、爆発するかもしれない。[本頁]「箒をド派手にする」キットや、店の一番の売れ筋「ずる休みスナックボックス」などの商品の参考写真。

第 8 章

魔法使いの発明品

「うさん臭い人物が近くにいると、光ってくるくる回りだすようになっている。持ってて損はないだろうと思ってね」

ロン・ウィーズリー
『ハリー・ポッターとアズカバンの囚人』（カットされたシーン）

灯消しライター

「まず、ロナルド・ビリウス・ウィーズリーに、
灯消しライターを遺贈する。私自身の設計である。
どのような闇の中にあっても、これが彼に光を
与えんことを願う」

アルバス・ダンブルドアの遺言を読むルーファス・スクリムジョール
『ハリー・ポッターと死の秘宝１』

アルバス・ダンブルドアがプリベット通りの街灯を消すのに使った小さな道具。『ハリー・ポッターと賢者の石』を見ていた観客は、これがただの素晴らしい魔法道具ではない重要なものだとは、思いも寄らなかったことでしょう。この「灯消しライター」を使うと、灯りを吸い取ったり、吸い取った灯りを放出することができます。ダンブルドアの死後、灯消しライターは『ハリー・ポッターと死の秘宝１』でロン・ウィーズリーへの形見として再登場します。ハリー、ハーマイオニー、ロンがマグル界に逃げてきて、ルキーノ・カフェでデスイーター（死喰い人）に襲撃されたとき、ロンは効果的にライターを使います。しかし、灯消しライターの最も重要な機能は、元の場所に戻れるよう誘導することです。ハーマイオニーたちと口論になって出て行ったロンは、ライターからハーマイオニーの声が聞こえるのに気付きます。ライターをつけてみると、小さな光の球が現れてロンの胸に入り、ロンは、この光に導かれていけばハーマイオニーたちのところに戻れると分かったのです。これがなければ戻ることができず、分霊箱となっていたロケットを破壊するグリフィンドールの剣を見つけることもできなかったでしょう。

灯消しライターは完全に機械的な装置で、両端に小さなふたが付いた円筒形をしています。横にあるスイッチを動かすと一方のふたが開き、中から小さな部品が伸びてきて、その小さなふたが開くと、灯りを吸い取ったり放出したりする装置が現れます。『死の秘宝１』に登場したライターは、『賢者の石』に登場したものと同じではありません。「ダンブルドアがロンにライターを贈るので作り直した。ダンブルドアが改造を加えたかもしれないと思ったので」とピエール・ボハナは言います。最初のライターでは小さな灯りが伸びて点灯しますが、ロンに贈られたものは灯りがなく、サイズがやや小さくなっています。どちらのライターも、現場で機械加工されたマラカイトという半貴石で覆われています。

[前々頁] 魔法ラジオのコンセプトアート。アンドリュー・ウィリアムソンが『ハリー・ポッターと不死鳥の騎士団』用に制作。[上]『ハリー・ポッターと賢者の石』で、灯消しライターを使ってプリベット通りの街灯を消し、幼いハリーの到着を待つアルバス・ダンブルドア（リチャード・ハリス）。[頁上]『ハリー・ポッターと死の秘宝１』で使用された灯消しライターの最終的なデザイン。[右頁]『死の秘宝１』用に制作されたピーター・マッキンストリーによる初期のビジュアルアート（上）と、ハッティ・ストーリーによる設計図（下）。灯消しライターの新たなデザインと仕組みを模索している。

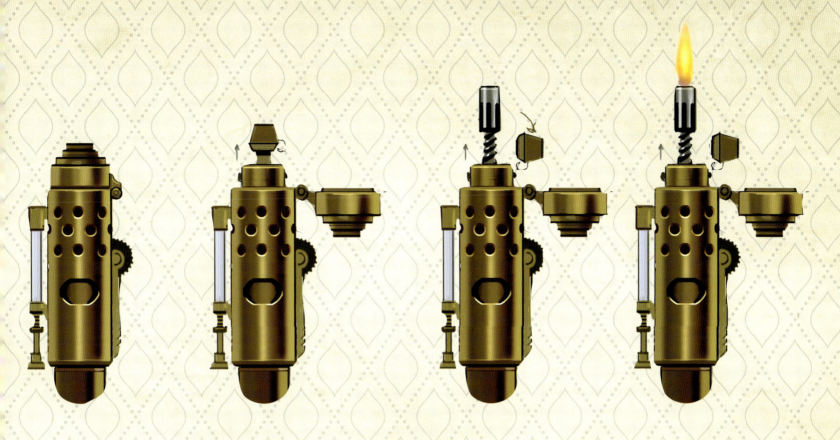
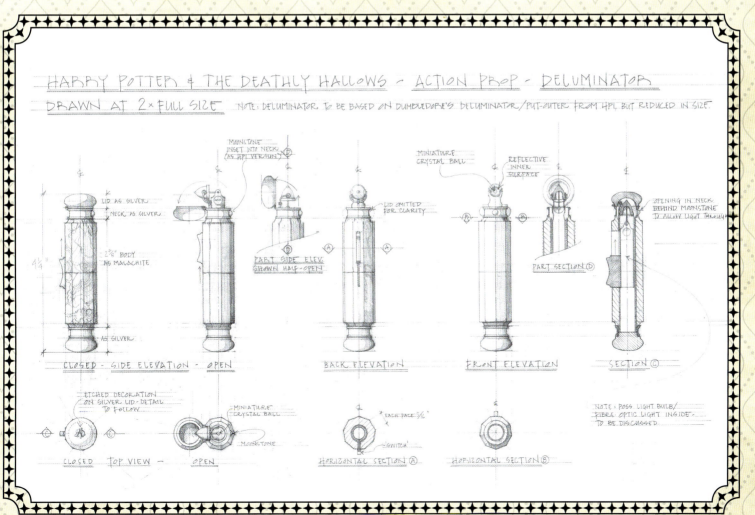

169

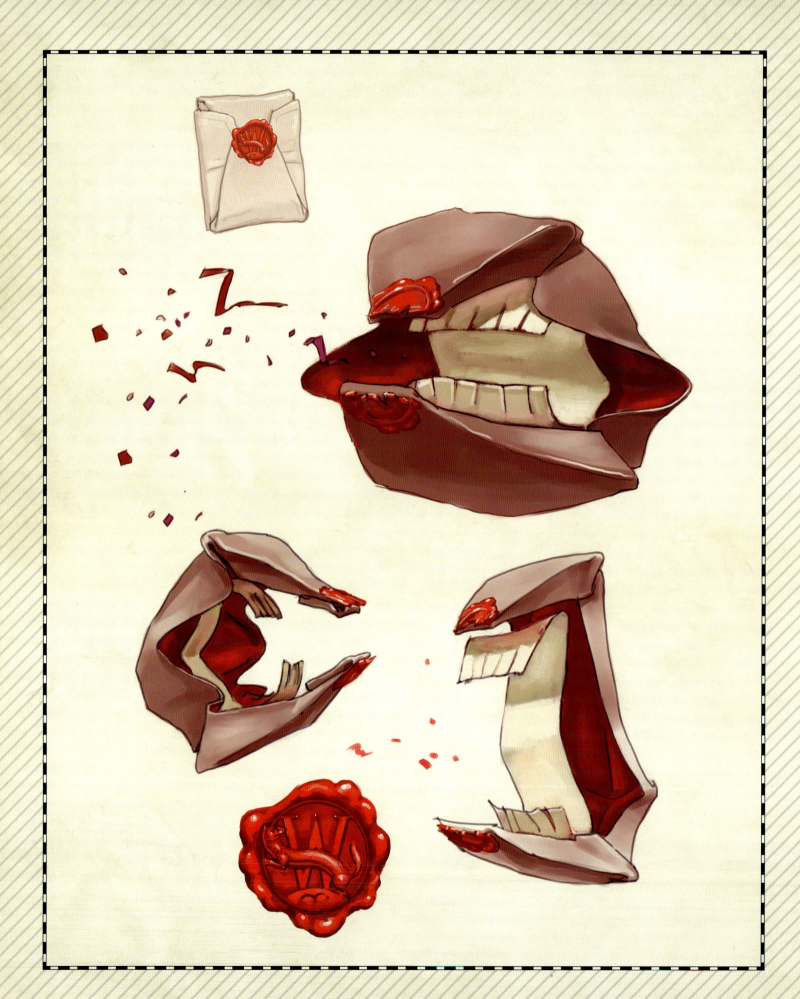

170　魔法グッズ大図鑑

吼えメール

「ロン、開けなよ。前にばあちゃんから来たのを
ほっといたら……ひどい目にあった」
ネビル・ロングボトム/『ハリー・ポッターと秘密の部屋』

魔法の手紙、「吼えメール」は送り主の声で内容を伝えますが、たいていは怒りに満ちた不愉快な内容です。ロン・ウィーズリーは『ハリー・ポッターと秘密の部屋』で、ハリーと一緒にホグワーツに行くために、魔法がかかった父の車を乗り回したあと、母モリーから吼えメールを受け取ります。「封筒にただ顔があるのではなく、書いてあることを封筒自身が話す」とデザイナーのミラフォラ・ミナ。ミナは日本の折り紙にヒントを得たそうです。「折り紙だからこそできることがたくさんある。例えば、手紙に巻いてあるリボンは舌になる。中の白い紙は、赤い口の中の歯になる」。モリー・ウィーズリーがこっぴどく叱る言葉は、まずミナが紙に書き、それをデジタル処理で制作された手紙に取り込みました。口の動きは、セリフと合うようにするため、本物の口がセリフを言っているときの形をまねたものをデザインし、それを参考に制作を進めました。

[左頁] アダム・ブロックバンクが『ハリー・ポッターと秘密の部屋』用に制作したビジュアル開発アート。封ろうにウィーズリー家の印を押した封筒や、激怒して紙吹雪を吐き出しながら叱りつける状態など、さまざまな段階の吼えメールを描いている。[左上] 母親の激しい怒りに縮み上がるロン・ウィーズリー。[左中] 出来上がった封印済み封筒と宛名ラベル。[下] 中の手紙の配置を示した吼えメールの立体模型(左)と手書きの手紙(右)。優しい言葉のときには筆跡が変わる。[本頁スケッチ4点] 吼えメールの口を正しく動かすため、発音に合わせた口の形がデザインされた。上から「イ」、「チ(ch)」、「フ(f)」、「ア」の口。

171 魔法使いの発明品

隠れ穴の時計

「たいしたことないけど、我が家だよ」
ロン・ウィーズリー/『ハリー・ポッターと秘密の部屋』

ハリー・ポッターが初めて魔法使いの家の中を見るのは、『ハリー・ポッターと秘密の部屋』で、ウィーズリー一家が住む「隠れ穴」に連れられて来たときです。家には、時刻以外のことを知らせる時計など、動く魔法道具があふれています。勝手口の左の時計は、文字盤が多数の木片でできていて、しなければならない用事がそれぞれに書いてあり、木片を自由に入れ替えることができます。この時計はコンセプトアーティストのシリル・ノンバーグがデザインしたもので、振り子はフクロウの形をしています。書いてある用事は、「庭小人の駆除」、「宿題」、「お茶をいれる」、「もっとお茶をいれる」などです。

さらに家の奥に入ると、色とりどりに塗られた年代物の大きな振り子時計が置かれ、家族の居場所や、生死の危険にさらされているかどうかが分かるようになっています。針ははさみの柄でできていて、指を入れるところに緑の素材を張って撮影し、編集段階で俳優の映像に置き換えました。この時計は、『ハリー・ポッターと謎のプリンス』で隠れ穴がデスイーターに襲撃されたときに破壊されました。代わりの時計は同じような様式の簡素な茶色い木製のもので、文字盤には、『ハリー・ポッターと秘密の部屋』のときにノンバーグが制作したコンセプトアートが使われています。

[上] ウィーズリー家の台所にある時計の初期のコンセプト。アダム・ブロックバンクが『ハリー・ポッターと秘密の部屋』用に制作。[右] ウィーズリー家の居間の最初の時計。モリーの夫と子供たちの居場所を示している。[右頁左下] シリル・ノンバーグによる台所の時計のコンセプトアート。[右頁左上・右上] ノンバーグのデザインが使われた最終的な台所の時計。『秘密の部屋』に登場。[右頁右中]『ハリー・ポッターと謎のプリンス』で隠れ穴がデスイーターの焼き打ちにあった後、居間に新しい時計が必要となった。このコンセプトアート（作者不明）の時計は、元の時計にならって居場所が分かるようになっている。[右頁右下] 新しい時計は古い時計の名残をとどめ、モリー・ウィーズリーにやけにそっくりな魔女が隠れ穴の絵の上空を飛んでいる。

172　魔法グッズ大図鑑

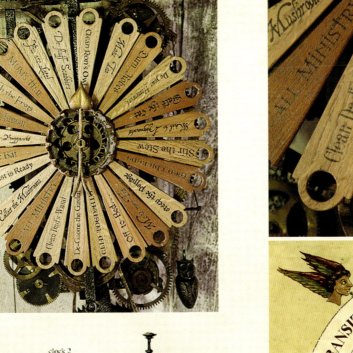
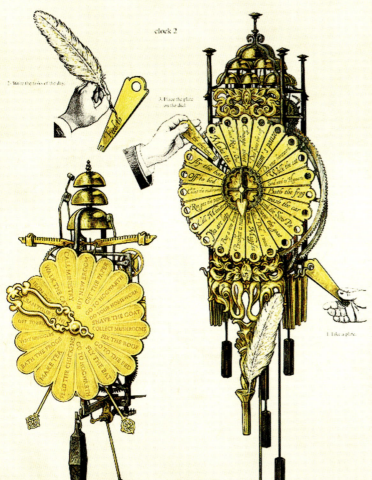

自動編み針

「最高だよ！」
ハリー・ポッター /『ハリー・ポッターと秘密の部屋 』

ウィーズリー一家の装いについて、『ハリー・ポッターと賢者の石』の衣装デザイナー、ジュディアナ・マコフスキーは、赤毛をぐっと引き立てる色使いの、手作り感あふれる服にすることを、早い段階で決めました。モリー・ウィーズリーは編み物が好きだと本に書いてあるので、『ハリー・ポッターと秘密の部屋』の衣装デザイナー、リンディ・ヘミングは、マコフスキーの方針を続けて、一家の服をさまざまな編み物で彩りました。それにヒントを得て小道具部が制作したのが、魔法の編み機です。隠れ穴に初めて来たハリーは、モリーの次の作品を制作中の編み機を見て、楽しさに胸を躍らせます。編み機に使われているのは単純な特殊効果です。編み地の後ろに装置が隠れていて、それが編み地を持ち上げて支え、編み針を繰り返し動かします。リアルな動きになるように、あるスタッフの母親に数時間編み物をしてもらい、それを撮影して参考にしました。

スライド映写機

「ルーピン先生は今日は授業ができるよう
　な状態ではないとだけ言っておこう」

セブルス・スネイプ／『ハリー・ポッターとアズカバンの囚人』

スネイプ教授は、『ハリー・ポッターとアズカバンの囚人』で、ルーピン教授の代理として闇の魔術に対する防衛術の授業をしたとき、映写機を使って狼人間の歴史に関するスライドを見せます。美術監督のスチュアート・クレイグは、1950年代の技術水準よりずっと前にさかのぼって、19世紀の映写機を使いました。この映写機は17世紀の幻灯機を思わせ、鏡、ガラス製のスライド、そして魔法の動力源を使っています。

[左頁上] 手を使わずに編めるモリー・ウィーズリーの魔法の編み針。[左頁下] 隠れ穴の家具を飾るモリーの作品。もちろん、子供たちや友人の服も飾っている。2点とも『ハリー・ポッターと秘密の部屋』より。[上]『ハリー・ポッターとアズカバンの囚人』でスネイプ教授は、病気のルーピン教授の代理で授業をしたときに、スライド映写機を使った。このセット参考写真（そのため生徒はいない）のスクリーンに映っているスライドは、レオナルド・ダ・ビンチの「ウィトルウィウス的人体図」の狼人間版だと思われる。[右] 魔法の幻灯機を操作するセブルス・スネイプ。ダーモット・パワーによるコンセプトアート。

かくれん防止器

「『ダービシュ・アンド・バングズ』で、すごい物をおみやげに買ってきたよ」
ロン・ウィーズリー／『ハリー・ポッターとアズカバンの囚人』（カットされたシーン）

ホグワーツでは、生徒が3年生になると、保護者から許可を得れば、近くにあるホグズミード村へ遠足に行くことができます。許可がもらえなかったハリー・ポッターは、初めての遠足に友人たちと一緒に行くことができませんでした。撮影はされたものの、最終的な映画ではカットされているシーンで、ロンはハリーを元気づけるため、ダービシュ・アンド・バングズで買ってきた小さな闇検知器を渡します。これは「かくれん防止器（スニーコスコープ）」というコマのような外見の道具で、持ち主の近くで闇の魔術や不正な魔術が使われると光ってくるくる回転し、警報を鳴らします。コンセプトアーティストのダーモット・パワーは、小道具のかくれん防止器のさまざまなスタイルや形を考案し、仕組みの説明や、使用する材料の提案も付けました。

[右頁] ビジュアル開発アーティストのダーモット・パワーは、『ハリー・ポッターとアズカバンの囚人』のかくれん防止器のシーンのために、構想を10種類以上提出したが、そのシーンは最終版ではカットされた。ここに挙げるのはその一部。構想されたかくれん防止器は、メタリックまたはカラフルな仕上げで、近くに闇の力が存在すると光って回転し、音を鳴らして持ち主に警告する。[右] パワーはかくれん防止器のひとつがどう作動するかを詳細に説明したものも制作した。[下] ウィーズリー・ウィザード・ウィーズで販売されていた最終的なかくれん防止器（『ハリー・ポッターと謎のプリンス』）。パッケージのデザインはグラフィックス部。

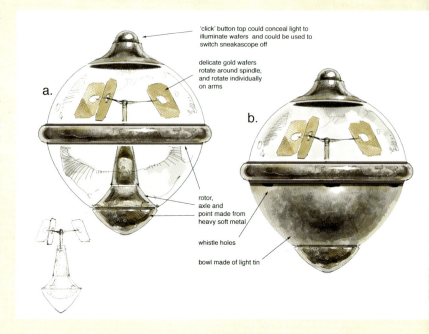

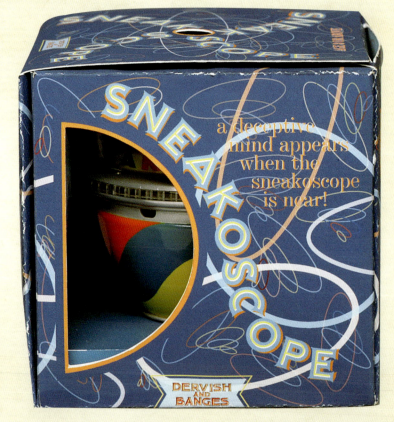

魔法使いの発明品　177

水中展望鏡

「ハリー、どうしたんだろう？」
「わかんない。見えないよ！」

シェーマス・フィネガンとディーン・トーマス
『ハリー・ポッターと炎のゴブレット』

三大魔法学校対抗試合の第2の課題では、水中を見物できる装置が考案されました。これを使うと、4人の代表選手が、黒い湖の水中で捕らえられている友人を救出しようとする様子を見ることができます。やぐらのような観覧台の左側に、曲がった管が何本も水中へと伸びているのが見えますが、水中展望鏡で実際に制作されたのはこの部分だけです。

万眼鏡

「すっげえ、パパ、どの席まで上るの？」

ロン・ウィーズリー／『ハリー・ポッターと炎のゴブレット』

『ハリー・ポッターと炎のゴブレット』で行われた第422回クィディッチ・ワールドカップ決勝戦。ロン・ウィーズリーは、スタジアムの最上階の席から試合の様子がよく見えるように、万眼鏡を使いました。

［上4点］黒い湖の水中で第2の課題に取り組む4人の三校対抗試合代表選手を見るための、触手のような水中展望鏡。ポール・キャットリングによる『ハリー・ポッターと炎のゴブレット』のビジュアル開発アート。［右］キャットリングは、『炎のゴブレット』の冒頭のクィディッチ・ワールドカップの試合でロン・ウィーズリーが使った万眼鏡のコンセプトアートも制作した。［右頁左上］魔法省で清掃中の床磨き機を描いた、『ハリー・ポッターと不死鳥の騎士団』の絵コンテの一部。［右頁右上］アダム・ブロックバンクが描いた床磨き機のコンセプトアート。操作方法の種明かしもされている。［右頁右下］ブロックバンクは、魔法省の建物に入る魔女や魔法使いの杖を、警備のため調べる杖検査機も描いた。

魔法省内の機器

コンセプトアーティストは、映画の舞台を充実させるため、さまざまな可能性を模索しながら構想を練ります。『ハリー・ポッターと不死鳥の騎士団』で、ハリー・ポッターとアーサー・ウィーズリーは、ハリーの尋問に向かう途中、魔法省のアトリウムを通りますが、アダム・ブロックバンクは、アトリウムのアイディアを考える際、魔法省を運営するうえでのさまざまな仕事について考案しました。例えば、警備の面では入口に置く杖検査機を、保守管理の面では床磨き機を考え付きました。床磨き機は、屋敷しもべ妖精が中で動かしているようです。残念なことに、どちらの機械も映画には登場しませんでした。

魔法使いの発明品 179

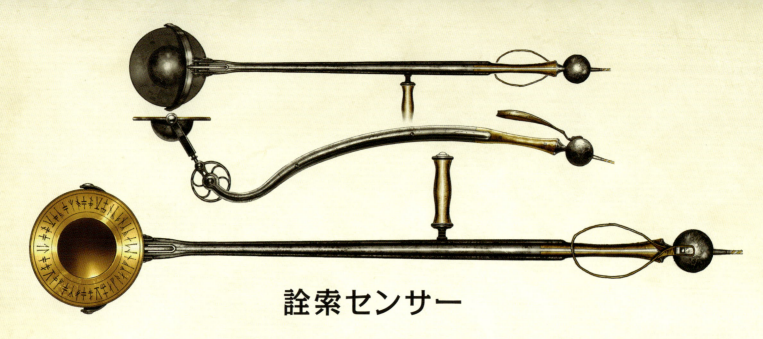

詮索センサー

「問題ない、ミスター・フィルチ。我が輩がマルフォイの保証人だ」
セブルス・スネイプ／『ハリー・ポッターと謎のプリンス』

ヴォルデモート卿が復活したという知らせが魔法界中に響き渡ると、ホグワーツでは生徒と教授の安全対策が実施されました。『ハリー・ポッターと謎のプリンス』では、アーガス・フィルチが、学校に到着した人全員と、持ち込まれる物すべてに対して、詮索センサーによる検査を行い、検査に合格しないと入れないようになっていました。魔法界の装置や発明品は、マグル界でおなじみの物に似ていることが多くあります。闇を検知する詮索センサーは、金属探知機で宝探しをするのと同じような方法で、危険な人物や物を発見するようです。

［上］さまざまな詮索センサーのコンセプトアート。アダム・ブロックバンクが『ハリー・ポッターと謎のプリンス』用に制作。［下］ホグワーツの管理人アーガス・フィルチがホグワーツの入口で詮索センサーを使用しているところを描いたブロックバンクによる絵と、その見事な映像化（フィルチ役はデイビッド・ブラッドリー）。［右頁上］魔法省の発表を放送している魔法ラジオネットワークのビジュアル開発アート（『ハリー・ポッターと不死鳥の騎士団』）。アンドリュー・ウィリアムソン制作。［右頁下］魔法ラジオネットワークの内部の仕組みを示した設計図。

180　魔法グッズ大図鑑

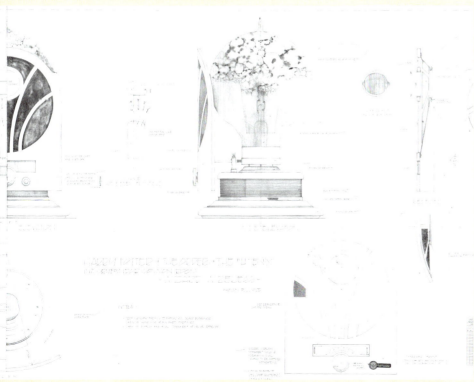

魔法ラジオ

「新しい天気予報だ。稲妻光る。繰り返す。
稲妻光る……」

ナイジェル・ウォルパート/『ハリー・ポッターと死の秘宝2』

無線通信機器は、2作のハリー・ポッター映画で使用されました。『ハリー・ポッターと不死鳥の騎士団』では、グリフィンドールの談話室にいたハリー、ロン、ハーマイオニーが、依然としてヴォルデモート卿の復活を否定する魔法大臣の談話をラジオで聞きます。『ハリー・ポッターと死の秘宝2』では、必要の部屋に隠れているネビル・ロングボトムが、ダンブルドア軍団のもうひとりの団員ナイジェルに頼んで、「ハリーがホグワーツにいる」という意味の暗号メッセージを、不死鳥の騎士団の団員たちに送ってもらいます。

魔法使いの発明品 181

第9章

分霊箱と秘宝

「じゃが、魔法は、特に闇の魔法は……痕跡を残す」
アルバス・ダンブルドア／『ハリー・ポッターと謎のプリンス』

ヴォルデモート卿の分霊箱

「もし分霊箱を全部探し出して、破壊できれば……」
「ヴォルデモートを倒せる」
ハリー・ポッターとアルバス・ダンブルドア
『ハリー・ポッターと謎のプリンス』

トム・リドルという名だった若き日のヴォルデモート卿は、不死を得るため、分霊箱の正体とその作り方について、魔法薬学教師ホラス・スラグホーンに無理やり説明させました。分霊箱は、魂の一部を物体または生物に隠して肉体を守るものです。ヴォルデモート卿が作った分霊箱は7つあり、ハリー・ポッターはそれを見つけなければなりません。分霊箱を破壊すれば、ヴォルデモート卿を打ち負かすことができるのです。分霊箱となったのは、カップ、指輪、ノート、ヘビ、髪飾り、首飾り、そして「生き残った男の子」で、物語の展開はこれらの分霊箱にかかっています。分霊箱は、おそらくハリー・ポッター映画の中で最も重要な小道具であることから、特別で印象的なデザインが求められました。

[前々頁] 分霊箱であり死の秘宝でもある蘇りの石は、マールヴォロ・ゴーントの指輪にはめ込まれていた。蘇りの石は、ハリーがクィディッチの試合で初めてキャッチした金のスニッチから現れる。[右] 分霊箱捜索の手掛かりとなる重要な情報が書かれたハリーのノート。[下] アルバス・ダンブルドアの机に載っているトム・リドルの日記とマールヴォロ・ゴーントの指輪の参考写真。[右頁] バジリスクの牙で突き刺されて破壊されたトム・リドルの日記。『ハリー・ポッターと秘密の部屋』より。

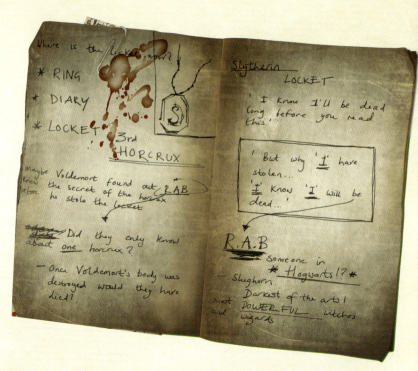

トム・リドルの日記

「在学中に再び秘密の部屋を開けるのは危険だと思い、
日記を残して、16歳の自分をその中に保存しようと決心した。
いつの日か、誰かにサラザール・スリザリンの
崇高な仕事を成し遂げさせることができるだろうと」

トム・マールヴォロ・リドル（ヴォルデモート卿）/『ハリー・ポッターと秘密の部屋』

主人公小道具（この場合は主人公の敵役の小道具ですが）の制作では、物語が進行していくにつれて状態がどう変わるかを考えなければなりません。トム・リドルの日記は、『ハリー・ポッターと秘密の部屋』でルシウス・マルフォイがジニー・ウィーズリーの学用品にこっそり紛れ込ませたときにはかなりきれいな状態で、黒い革の表紙には傷が少ししかありません。この傷は、たたいたり、染みを付けたり、引き裂いたり、こすったりする「汚し」加工によって作られました。同映画の後半に入ると日記は水にぬれて傷み、最後にはバジリスクの毒で破壊されました。

最後に登場する日記の小道具には特殊効果が使われ、ハリーがヘビの牙で突き刺すと、取り付けられている管から黒い液体が吹き出します。

ハリーが秘密の部屋で見たバジリスクの牙は、目的に応じて異なる素材で作られています。「スタントとクローズアップでは条件が違う。トム・リドルのノートを破壊するときのバジリスクの牙は、うっかり自分を刺してしまわないようにゴムで覆ってある」とピエール・ボハナ。バジリスクの口の中の牙は、埋まっている部分は硬いですが、先は安全のため柔軟なゴム状になっています。また、牙はわざと汚し、長年の間に摩耗し傷んでいるように見せました。『ハリー・ポッターと死の秘宝2』でハーマイオニー・グレンジャーとロン・ウィーズリーは、秘密の部屋に入って牙をもう1本入手し、それを使って分霊箱のカップと髪飾りを破壊しました。

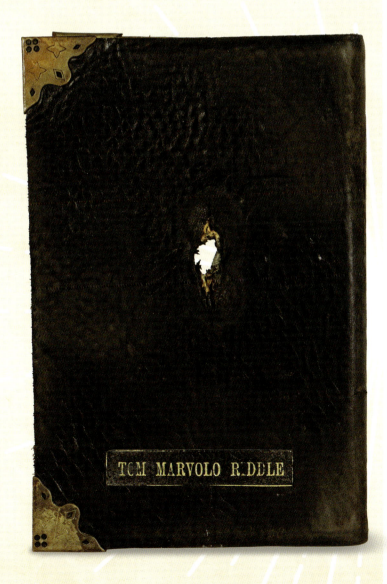

マールヴォロ・ゴーントの指輪

「形はさまざま。ありふれた物じゃ。例えば指輪……」
アルバス・ダンブルドア /『ハリー・ポッターと謎のプリンス』

ダンブルドア校長は『ハリー・ポッターと謎のプリンス』で、ヴォルデモート卿が身近な物体を分霊箱に変えたとハリーに明かします。ダンブルドアは、ハリーが破壊した日記が実は分霊箱だったと言い、もうひとつの分霊箱である、黒い石をはめ込んだ金の指輪を見せます。この指輪はトム・リドルの祖父のもので、憂いの篩（ふるい）に映し出された記憶の中で、トムが闇の魔術の品である分霊箱の作り方を聞き出そうと、スラグホーン教授を説得しているときに映っています。指輪はちらりとしか見えませんが、物語に重大な影響を及ぼします。ダンブルドアの説明によると、分霊箱には闇の魔法の痕跡が残るので、ハリーはそれを手掛かりに、残りの分霊箱を探すことになります。最終的な指輪のデザインは、映画シリーズに登場する小道具の宝飾品を多数デザイン・制作しているミラフォラ・ミナによるものです。2匹のヘビが口を開けて宝石を支えているデザインには、スリザリンとのつながりがはっきりと見て取れます。ダンブルドアは指輪をグリフィンドールの剣で破壊することに成功しましたが、指輪のせいで後に命を落とす運命に陥ります。

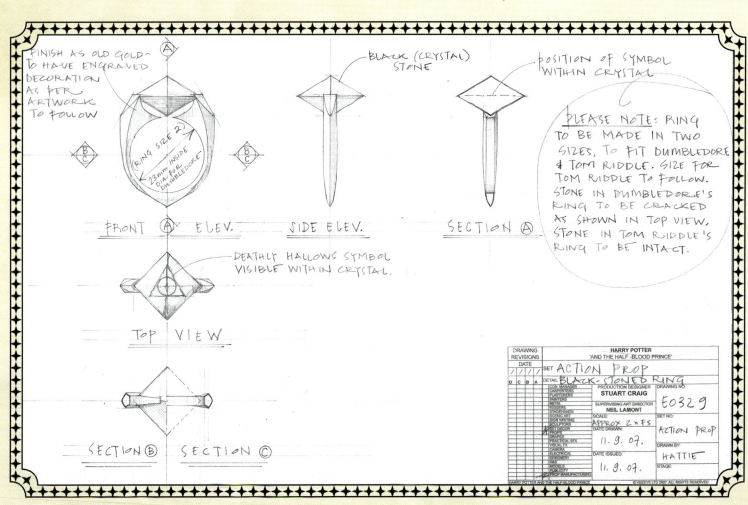

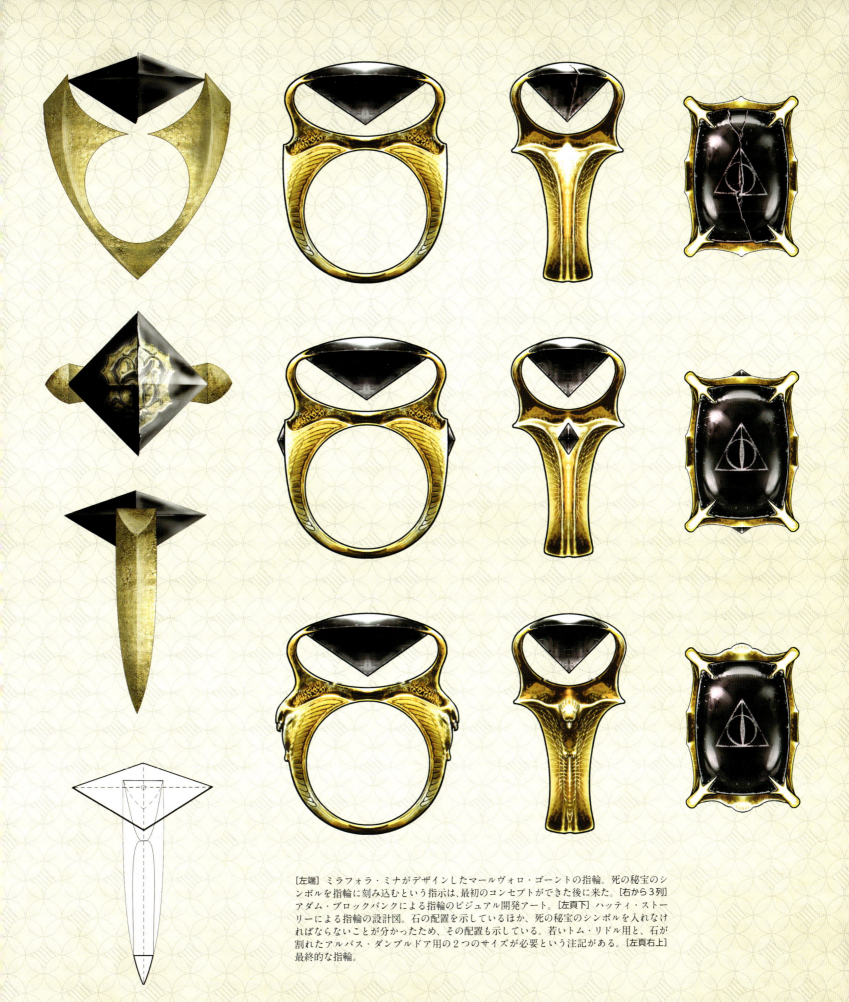

[左端] ミラフォラ・ミナがデザインしたマールヴォロ・ゴーントの指輪。死の秘宝のシンボルを指輪に刻み込むという指示は、最初のコンセプトができた後に来た。[右から3列] アダム・ブロックバンクによる指輪のビジュアル開発アート。[左頁下] ハッティ・ストーリーによる指輪の設計図。石の配置を示しているほか、死の秘宝のシンボルを入れなければならないことが分かったため、その配置も示している。若いトム・リドル用と、石が割れたアルバス・ダンブルドア用の2つのサイズが必要という注記がある。[左頁右上] 最終的な指輪。

分霊箱と秘宝 187

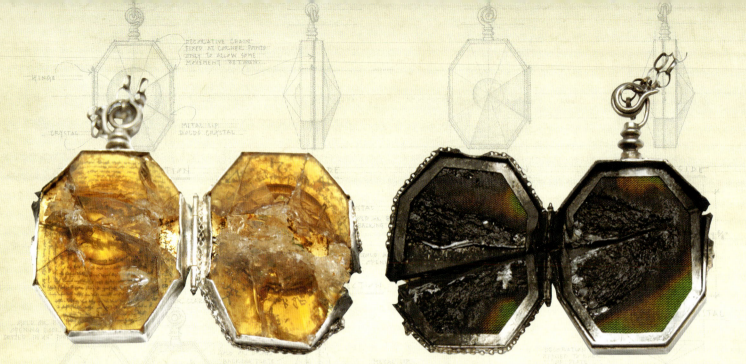

サラザール・スリザリンのロケット

「これを読むころには、私はとうに死んでいるでしょう……
私は本物の分霊箱を盗みました。破壊するつもりです」

R・A・Bが書いたメモを読むハリー・ポッター /『ハリー・ポッターと死の秘宝1』

ダンブルドアとハリーは『ハリー・ポッターと謎のプリンス』で、分霊箱のロケットを捜索しましたが、実はロケットは2つありました。サラザール・スリザリンが所有していたものを闇の帝王ヴォルデモートが受け継いで分霊箱にし、クリスタルの洞穴に隠したロケットと、シリウス・ブラックの弟レギュラスがロケットを盗み、本物とすり替えた偽物のロケットです。アートディレクターのハッティ・ストーリーによると、「デザインを始めたときには、ロケットが本物でないとは知らなかった」とのことで、その後、洗練されたロケットとあまり洗練されていないロケットの2種類を制作することになりました。「悪に満ちているが美しさも兼ね備え、魅力的で歴史を感じさせるものにしなければならなかったので、ロケットは難しかった」とミラフォラ・ミナは語っています。

本物のスリザリンのロケットは、ミナが博物館で見た18世紀のスペインの宝飾品をモデルにしています。ミナは、表のクリスタルに切子面（いくつもの小さな面）を持たせるというアイディアが気に入りました。「面がたくさんあるので、どこから開くのか見当がつかないような感じがする」。本に書いてあるとおり、ロケットの表にはダイヤモンドカットの緑色の石を並べて「S」の字を描きました。ミナは字の周りに占星術のアスペクト記号（ホロスコープに使われ、惑星同士が形作る相対的な角度を表す）を並べました。また、記号の内側には文字を円状に記し、切子面のある裏にも、さらに多く文字を記しました。

ミナはこう語っています。「ロケットには想像力をかき立てられた。細部までこだわって遊ばせてもらった。鎖につながっている輪も、とぐろを巻く小さなヘビにした。ハリー・ポッター映画の素晴らしいところは、このようなものがすべて現場で作られるということ。どんな素材を使ったらよいか小道具制作担当者と話し合って、その結果、デザインを少し変えることもある」。『ハリー・ポッターと死の秘宝1』で、ロン・ウィーズリーがグリフィンドールの剣でロケットを破壊するシーンでは、ロケットを複製することが必要となりました。「最初に受けていた説明では、必要なのは2、3個だけということだったが、結局40個作った」とピエール・ボハナは語りました。

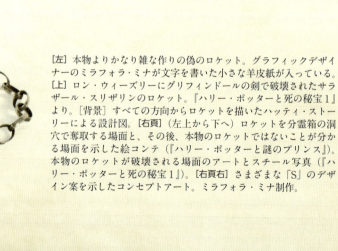

[左] 本物よりかなり雑な作りの偽のロケット。グラフィックデザイナーのミラフォラ・ミナが文字を書いた小さな羊皮紙が入っている。[上] ロン・ウィーズリーにグリフィンドールの剣で破壊されたサラザール・スリザリンのロケット。『ハリー・ポッターと死の秘宝1』より。[背景] すべての方向からロケットを描いたハッティ・ストーリーによる設計図。[右頁]（左上から下へ）ロケットを分霊箱の洞穴で奪取する場面と、その後、本物のロケットではないことが分かる場面を示した絵コンテ（『ハリー・ポッターと謎のプリンス』）。本物のロケットが破壊される場面のアートとスチール写真（『ハリー・ポッターと死の秘宝1』）。[右頁右] さまざまな「S」のデザイン案を示したコンセプトアート。ミラフォラ・ミナ制作。

MIRA'S ORIGINAL MONOGRAM

分霊箱と秘宝 189

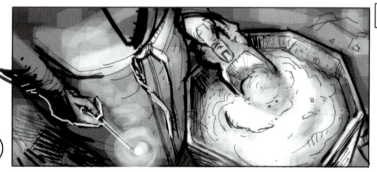

CUT

Harry's POV.
Dumbledore fills ladle and raises it....

TILT UP ...

Flare circles round out of shot
..see digram.

Cont'd

Cont'd over

with ladle as it rises...

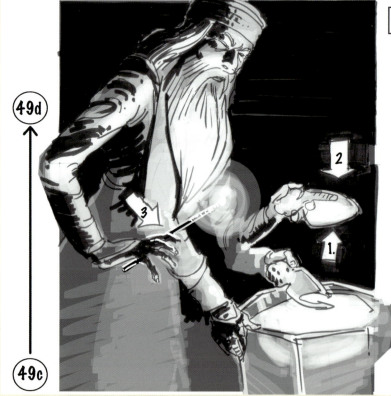

Cont'd

Harry's POV.

1. Dumbledore fills and raises third cup of liquid.

2. he nearly drops cup.

3. Grabs hold of the side of the basin.

Flare circles round out of shot
..see digram.

クリスタルの杯

「ハリー、きみの役目は、わしに飲み続けさせることじゃ。
のどに無理やり流し込んでもな。わかったかな？」
アルバス・ダンブルドア/『ハリー・ポッターと謎のプリンス』

デザイナーが『ハリー・ポッターと謎のプリンス』で最初に取り掛かった小道具のひとつは、クリスタルの杯です。ハリーはこれを使って、分霊箱であるロケットの偽物が入っている水盆から、毒入りの水をすくい出しました。ハッティ・ストーリーはこう語っています。「最初に構想したのは、金属製の杯がクリスタルの水盆に鎖でつながれていて、ダンブルドアがそこから飲むというものだった。しかし、『洞穴にはクリスタルしかないのだから、そこにありそうな物がいい。そして、人の手が多少加わっただけのように見えたほうがいい』という考えに変わった。ヴォルデモート卿が薬を飲ませるためにその場で見つけたか作った物だろうと思ったからだ」。ミラフォラ・ミナは、デザインのための調査をしていて、ヒスイを彫って作った中国の年代物の杯を見つけました。この杯には羊の頭部の形をした取っ手が付いていました。ミナはそれにアイディアを得て生き物をテーマにし、クリスタルでできた貝殻の形の杯を作りました。「解決策を見つけると、もう最初からこれ以外あり得なかったと思えることはよくあるが、今回もそうだった」とストーリー。しかし、これは言うほど簡単ではなく、承認が下りて造形・成型するまでに作られた試作品は60個に上りました。

[上]『ハリー・ポッターと謎のプリンス』で使われたクリスタルの杯のコンセプトアート。ミラフォラ・ミナ制作。[下] 分霊箱のロケットを手に入れるために、ダンブルドアが水盆に入った毒薬を飲むのを手伝うハリー。[左頁] 同じシーンの絵コンテ。

ヘルガ・ハッフルパフのカップ

「ベラトリックスの金庫に分霊箱があると思う？」
ハーマイオニー・グレンジャー／『ハリー・ポッターと死の秘宝2』

「小道具、特に、物語にとって重大な意味を持つ小道具は、長い過程を経てデザインされる。最低5、6個のデザインを監督とプロデューサーに見せて、承認してもらう」とピエール・ボハナ。ハッフルパフのカップは、その典型例です。ミラフォラ・ミナが最初に監督たちに見せたのは2倍の大きさだったので、もっと小さくしてほしいと言われたそうです。これによってデザインは変わったのでしょうか？「そのときはまだ第7巻が出ていなかったので、分かっていたのはアナグマの図案を入れるということだけ。ほかの分霊箱のような威圧的なものでなく、ごく質素にする予定だった。増殖してものすごい数になると知っていたら、違うデザインにしていたかどうか。それは分からない」（ミナ）

ミナは、金のゴブレットやアザミ形の中世のカップを参考にして制作を進めました。まず、ハッフルパフのシンボルであるアナグマの浅浮き彫りが付いたデザインを原寸大で成型し、次に、小道具制作担当者が金属工芸の手法でスズ合金をたたいて薄く付着させ、最後に、ピエール・ボハナが金色に塗りました。カップは『ハリー・ポッターと謎のプリンス』で必要の部屋に置くために制作が依頼されたものですが、本格的に登場するのは『ハリー・ポッターと死の秘宝2』になってからです。ハリー、ロン、ハーマイオニーは、グリンゴッツ銀行にあるベラトリックス・レストレンジの金庫に侵入しますが、金庫の中の物には呪文がかけられていて、触れると分裂してどんどん増殖します。「ボールがたくさん入っている子供用プールをイメージした。大量のプラスチックボールの代わりに宝物や金塊をかき分けていく」とハッティ・ストーリーは説明しています。

この場面では小道具が大量に必要なため、ピエール・ボハナは射出成型機を使い、24時間態勢で稼働させました。「6種類の小道具を軟質ゴムでいくつも作り、20立方メートルある金庫を文字どおり埋め尽くした」とストーリー。大量のカップの下には台がいくつも隠れていて上昇するようになっています。ダニエル・ラドクリフ（ハリー）は、金庫の一番上の隅にある本物のカップを目指して、跳び上がりながら台をよじ登りました。本物のカップは、ハーマイオニー・グレンジャーによって秘密の部屋で破壊されました。

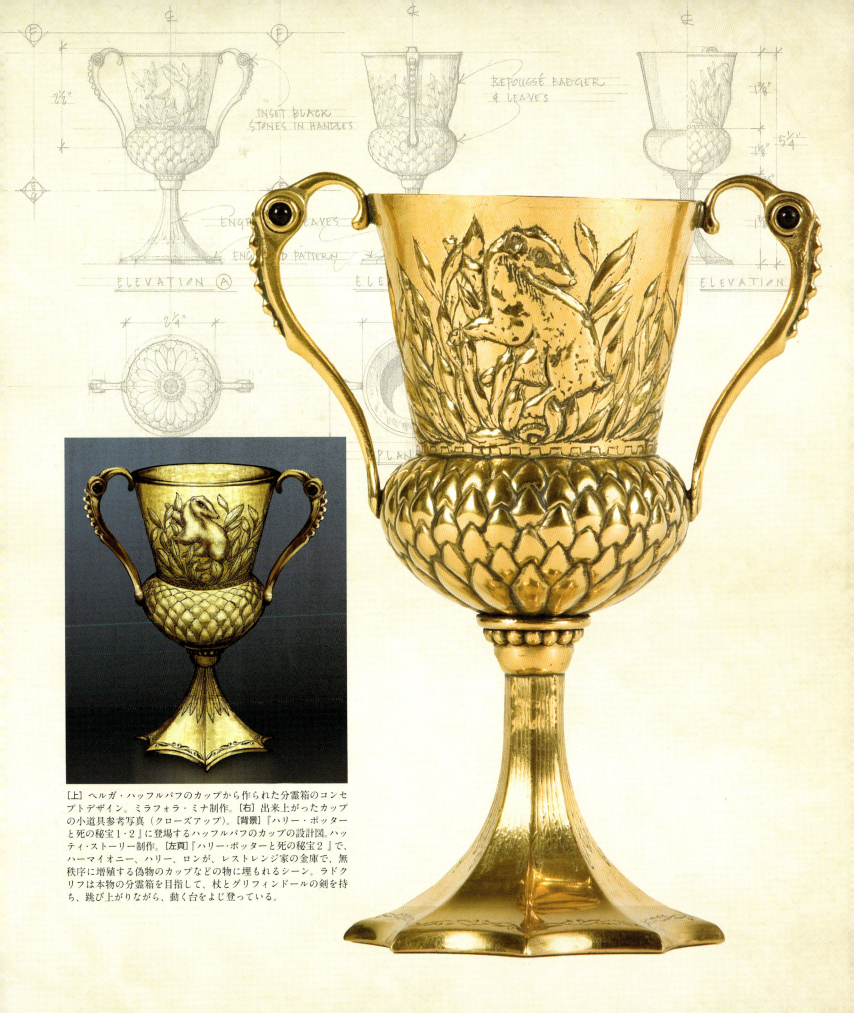

[上] ヘルガ・ハッフルパフのカップから作られた分霊箱のコンセプトデザイン。ミラフォラ・ミナ制作。[右] 出来上がったカップの小道具参考写真（クローズアップ）。[背景]『ハリー・ポッターと死の秘宝1・2』に登場するハッフルパフのカップの設計図。ハッティ・ストーリー制作。[左頁]『ハリー・ポッターと死の秘宝2』で、ハーマイオニー、ハリー、ロンが、レストレンジ家の金庫で、無秩序に増殖する偽物のカップなどの物に埋もれるシーン。ラドクリフは本物の分霊箱を目指して、杖とグリフィンドールの剣を持ち、跳び上がりながら、動く台をよじ登っている。

分霊箱と秘宝　193

ロウェナ・レイブンクローの髪飾り

「あのさ、その髪飾りっていったい何？」
ロン・ウィーズリー／『ハリー・ポッターと死の秘宝2』

レイブンクロー寮の創設者ロウェナ・レイブンクローの髪飾りも、最終的な形にたどり着くまでに、何度かデザインを作り直しました。ハッティ・ストーリーはこう語っています。「『ハリー・ポッターと謎のプリンス』の脚本にあるので制作したが、映像には登場しなかった。その後、『ハリー・ポッターと死の秘宝2』のためにデザインし直したが、前とはだいぶ変わったので、第6作で決まってしまわなくてよかったと思う」。チョウ・チャンが「冠みたいなものよ。ティアラみたいな」とロンに説明したこの髪飾りは、サラザール・スリザリンのロケットと同じように2種類あります。

『謎のプリンス』の本で、ゼノフィリウス・ラブグッド（娘のルーナと同じレイブンクロー寮の出身）は、髪飾りの持ち主が自分だと思っています。『ハリー・ポッターと死の秘宝1』では、知りたいことがあったハリー、ハーマイオニー、ロンがラブグッドを訪ねますが、部屋をよく見ると、双頭のワシをあしらったティアラが、ロウェナ・レイブンクローの胸像の頭に載っているのが分かります。しかし、本物の分霊箱の髪飾りはホグワーツの必要の部屋にありました。髪飾りのデザインには当然、レイブンクローのシンボルであるワシを入れることになっていました。採用されたのは、翼を広げた1羽のワシをかたどった素晴らしいデザインです。翼は無色透明の宝石で縁取られ、ワシの体と、下に垂れている「尾羽」は、多面カットされた3つの水色の宝石でできています。ハリーは、ハッフルパフのカップの破壊に使われたバジリスクの牙で髪飾りを破壊し、それをロンが、燃え盛る悪霊の火に蹴り込みました。

[左頁] ロウェナ・レイブンクローの髪飾り。レイブンクロー寮のシンボルであるワシをデザインに取り入れ、ワシの翼の下端には彼女の格言「計り知れぬ英知こそ、われらが最大の宝なり」が刻まれている。[頁上] レイブンクローの髪飾りを描いた初期のコンセプトアート。ミラフォラ・ミナが『ハリー・ポッターと謎のプリンス』用に制作。[下] 同映画用に制作されたが使用されなかった髪飾り。[左] ラブグッドの家に置いてあるロウェナ・レイブンクローの胸像のコンセプトアート。着けている髪飾りは本物と似ているが別物。アダム・ブロックバンク制作。[上]『ハリー・ポッターと死の秘宝1』のセット参考写真。偽物の髪飾りがあるのが分かる。

分霊箱と秘宝 195

ナギニ

「あのヘビだ。あれが最後。最後の分霊箱だ」
ハリー・ポッター/『ハリー・ポッターと死の秘宝2』

ヴォルデモート卿に忠実な恐ろしいヘビ、ナギニは、分霊箱の中で唯一、完全にCGで制作されています。最初に登場した『ハリー・ポッターと炎のゴブレット』と、次に登場した『ハリー・ポッターと不死鳥の騎士団』では、ビルマニシキヘビとアナコンダ（どちらも、体長6メートルのナギニより短い）を混ぜ合わせたデザインでした。ナギニは完全にCGで制作することになっていましたが、生き物制作部では、完全に塗装した実物大の模型をまず作り、それをサイバースキャンしてコンピューターアニメーションを制作しました。

『ハリー・ポッターと死の秘宝1・2』ではナギニがそれまでより重要な役どころで登場します。視覚効果スーパーバイザーのティム・バークはこう語っています。「リアルさと恐ろしさを強調することがとても重要になった。ナギニはヴォルデモートのしもべだが、それ自体、邪悪な生き物でもある。だが、前回の登場では本物らしさが少しだけ足りなかったと思っていた。ナギニはこれまでは重要な役ではなかったが、この映画では子供たちを脅かす出番がたくさんある」。バークは「新しいデザインは本物のヘビを参考にするのが一番いい」とチームのスタッフを説得して、ヘビを扱う専門業者をリーブスデン・スタジオに呼び、スタッフに本物のニシキヘビを観察してもらいました。

アニメーターたちはヘビの撮影とスケッチをしましたが、デジタルアーティストのひとりはさらに、ヘビの写真を基にうろこの質感を手作業ですべて作り出しました。これによって、玉虫色のきらめきや光の反射、そして本物のような鮮やかな色をCGでとらえることができました。また、マムシやコブラのような動きを加えて不気味さを際立たせ、マムシのように奥行きのある目にし、牙もさらに鋭くしました。

グリフィンドールの剣

「真のグリフィンドール生だけが、
この剣を帽子から取り出せるのだ」
アルバス・ダンブルドア／『ハリー・ポッターと秘密の部屋』

分霊箱を語るうえで外せないのが、指輪とロケットとヘビを破壊したグリフィンドールの剣です。ハリー・ポッターが初めてこの剣に出合ったのは『ハリー・ポッターと秘密の部屋』。ハリーは剣を組分け帽子から取り出し、それを使ってバジリスクを殺します。剣は小鬼が作ったもので、自身を強化するものを吸収する性質があるため、バジリスクの毒液を吸収して、分霊箱を破壊する数少ない手段のひとつとなりました。『ハリー・ポッターと謎のプリンス』には、ダンブルドアが剣を使って分霊箱の指輪を破壊している回想シーンがあります。『ハリー・ポッターと死の秘宝2』では、ネビル・ロングボトムも剣を組分け帽子から取り出して、ナギニを切り殺します。小道具制作者は、本物の剣をオークションで購入して参考にし、中世の剣も調査してアイディアを得ました。グリフィンドールの剣には、グリフィンドール寮の色であるルビーをカボションカット（半球形）したものがはめ込まれています。

[左頁右中] ニシキヘビとアナコンダを混ぜたデザインのナギニ。ビジュアル開発アーティストのポール・キャトリングが『ハリー・ポッターと炎のゴブレット』用に制作。[左頁上] 大蛇のボア・コンストリクターに近いナギニ。キャトリングによるデザイン案。[左頁右下]『炎のゴブレット』で、ほとんど肉体のないヴォルデモートを見守るバーティ・クラウチ・ジュニア（デイビッド・テナント）とナギニ。[左頁左] ヴォルデモートがナギニにえさ（チャリティ・バーベッジ教授）を与えるシーンを描いた『ハリー・ポッターと死の秘宝1』の絵コンテ。[左]真の「主人公」小道具、グリフィンドールの剣。[上] 宣伝スチール写真で、グリフィンドールの剣を持ってポーズを取るネビル・ロングボトム（マシュー・ルイス）。

分霊箱と秘宝 197

死の秘宝

「死の秘宝については、何かご存じですか？」
「秘宝は3つあるという噂じゃ。まず、『ニワトコの杖』。2つ目は『透明マント』。敵から身を隠すことができる。3つ目は『蘇りの石』。愛する人を死の国から呼び戻せる。この3つを手にすれば、『死を制する者』となれる。だが、本当にそんな物が存在すると信じる人は少ない……」

ハリー・ポッターとギャリック・オリバンダー／『ハリー・ポッターと死の秘宝2』

ハリー・ポッターは、分霊箱のほかにも、ヴォルデモートを無敵にしてしまう3つの「死の秘宝」を見つけなければならないことを知ります。判明した3つの秘宝とその持ち主は、衝撃的なものでした。物語の最初からずっと登場し、ハリー、ダンブルドアや、若き日のヴォルデモートと関係している物だったからです。ハリーが死の秘宝のことを初めて知ったのは、『ハリー・ポッターと死の秘宝1』のビル・ウィーズリーの結婚式で、ゼノフィリウス・ラブグッドが着けていた興味深いペンダントを見たときです。ペンダントの図案が表す3つの物は、「死を制する者」となるための鍵を表していました。ハリーは、「ヴォルデモート卿はこの伝説が本当だと考え、秘宝を入手しようとしているのではないか」と気付きました。1つ目のニワトコの杖は、『ハリー・ポッターと死の秘宝1』の最後で、闇の帝王ヴォルデモートによってダンブルドアの墓から盗まれました。2つ目の透明マントは、ハリーが知らずにすでに持っていました。3つ目の蘇りの石は、ダンブルドアからハリーに遺贈されたものでした。

[左]『ハリー・ポッターと死の秘宝1』でゼノフィリウス・ラブグッドが着けていたペンダントの開発アート。ミラフォラ・ミナ制作。[下] 同映画で、ラブグッドが死の秘宝の印を書くのを見るハーマイオニー・グレンジャー、ロン・ウィーズリー、ハリー・ポッター。[右頁] 同じシーンの絵コンテ。

[右頁上]『ハリー・ポッターと炎のゴブレット』で、杖を使って記憶を引き出すアルバス・ダンブルドア（マイケル・ガンボン）。[右頁下]『ハリー・ポッターと死の秘宝1』の中のアニメーション「三人兄弟の物語」の実際の一画面。兄弟が「死」から杖、石、マントを贈られる。[本頁] 一番上の兄に贈られたニワトコの杖はこの世で最強の杖で、長年の間に持ち主が変わっていき、アルバス・ダンブルドアの所有となった。

ニワトコの杖

「一番上の兄はこの世で一番強い杖を欲しがりました。そこで、
『死』はそばに立っていたニワトコの木で杖を作り、与えました」

『吟遊詩人ビードルの物語』を読み上げるハーマイオニー・グレンジャー/『ハリー・ポッターと死の秘宝1』

『ハリー・ポッターと賢者の石』を制作するにあたって、原作者J.K.ローリングに見せた最初の杖の試作品は、金色のバロック様式の杖から、クリスタルを端に結び付けた根が付いている杖、旋盤で仕上げた単純で飾り気のない木の杖まで、多彩な様式でした。ローリングが選んだのはこの最後の杖でした。小道具部では、本に杖の木の種類が書いてある場合はその木で杖を作り、書いていない場合は上質の木で作りました。「面白そうな銘木を探したが、地味な形にはしたくなかったので、こぶや節や面白い質感のあるような木を選んで、ユニークな形になるようにした」とピエール・ボハナは説明しています。承認を受けた杖は、樹脂またはウレタンを型に入れて制作されました。木だと使用中にすぐ壊れてしまうためです。

アルバス・ダンブルドアが持っていたニワトコの杖の場合、ユニークな形を目指す方針を取っていたことが有利に働きました。杖の材質はヨーロッパナラの木で、ルーン文字が刻まれた骨のような素材がはめ込まれています。「杖の中でも特に細くて、しかも一定の間隔で節のような素晴らしい盛り上がりがあるので、すぐそれと分かるデザインだ」とボハナ。小道具制作者たちは、ダンブルドアの杖が死の秘宝のひとつで、おそらく史上最強の杖だと後に分かるとは、思ってもみませんでした。「遠くからでもすぐ分かる。もちろんそのほうがいい。言ってみればセットで最大の銃なのだから。他のすべての杖を打ち負かす杖だ」(ボハナ)

透明マント

「最後に『死』は１番下の弟に尋ねました。慎ましい弟は、跡をつけられずに
ここから先に進むことができるようなものが欲しいと言いました。
そこで『死』はしぶしぶ、自分の透明マントを与えました」

『吟遊詩人ビードルの物語』を読み上げるハーマイオニー・グレンジャー／『ハリー・ポッターと死の秘宝1』

ハリー・ポッターは、『ハリー・ポッターと賢者の石』でクリスマスに透明マントをプレゼントされます。値打ちのあるクリスマスプレゼントをもらったのは、これが初めてでした。包みには、「ハリーの父ジェームズ・ポッターが贈り主にマントを預けたが、ハリーに返す時が来た」という謎めいたメモが付いていました。ハリーは、『ハリー・ポッターと不死鳥の騎士団』を除く全作で透明マントを使いますが、『ハリー・ポッターと死の秘宝2』になって初めて、それがどこから来たのかを知り、死の秘宝のひとつであることの意味を悟ります。

透明マントは、ジュディアナ・マコフスキーの指揮の下、衣装部で制作されたもので、厚手のビロード地を染めて、ケルト記号やルーン記号、占星術記号をプリントしてあります。この生地で作られたマントは数種類あり、用途がそれぞれ違います。羽織ると透明になるマントは、合成映像撮影用の緑色の素材が裏地に使ってあります。ダニエル・ラドクリフ（ハリー・ポッター）は、マントをさりげなく裏返しながら羽織り、緑の生地が表になるようにしています。もうひとつのマントは、染めた生地を表裏両方に使ってあります。これは、手に持つときや、全身を覆う緑色の服を着て完全に透明になるときに使われました。

[上]『ハリー・ポッターと死の秘宝1』の実際の一画面。兄弟は「死」からの贈り物を受け取るが、「死」はそれを取り返す機会をうかがう。[右]自分のマントを切り取ってマントを作る「死」。デール・ニュートンが制作したコンセプトアート。[右頁上]『ハリー・ポッターと賢者の石』で、クリスマスにアルバス・ダンブルドアから贈られた透明マントを持ち上げるハリー・ポッター。[右頁下]ダニエル・ラドクリフが緑の側を表にしてマントを羽織っているメイキング画像。

202　魔法グッズ大図鑑

蘇りの石

「2番目の兄は、『死』をもっと辱めてやりたいと思い、愛する人たちを死から
呼び戻す力を求めました。『死』は川から石をひとつ拾い、与えました」
『吟遊詩人ビードルの物語』を読み上げるハーマイオニー・グレンジャー／『ハリー・ポッターと死の秘宝1』

[左頁]『ハリー・ポッターと死の秘宝1』の中のアニメーション「三人兄弟の物語」のビジュアル開発アート。[頁上]『死の秘宝1』の実際の一画面。2番目の兄が「死」から蘇りの石を贈られる。[中] ハリー・ポッターは、金のスニッチに刻まれた言葉の意味が、『ハリー・ポッターと死の秘宝2』の終盤になってやっと分かった。スニッチが開くと中から蘇りの石が現れ、ハリーはそれを使って、今は亡き大切な人たち（両親のジェームズとリリー、名付け親のシリウス・ブラック、恩師のリーマス・ルーピン）と言葉を交わす。[下] 金のスニッチが開く装置を構想したビジュアル開発アート。

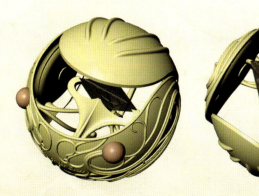

死の秘宝でもあり分霊箱でもあるのは、蘇りの石だけです。『ハリー・ポッターと謎のプリンス』に初めて登場した蘇りの石は、アルバス・ダンブルドアによって破壊され、割れていました。ダンブルドアは、分霊箱だった蘇りの石をグリフィンドールの剣で破壊しましたが、そのために後に命を落とす運命に陥ります。石が再び登場するのは『ハリー・ポッターと死の秘宝2』です。ダンブルドアは、ハリーが初めてキャッチした金のスニッチをハリーに遺贈していましたが、蘇りの石がその中に入っていたことが分かったのです。

小道具の制作を始めたときに、次の映画の原作がまだ出版されていないため、その小道具が後に重要な意味を持つとは分からなかったケースは多数ありますが、蘇りの石もそのひとつです。「第6作のダンブルドアの指輪の石のデザインを開始したときには、みんなと同じように、私たちにも分からなかった」とハッティ・ストーリーは振り返ります。後にそれが蘇りの石だと判明することが分かっていなかっただけでなく、石に刻まなければならない死の秘宝の印のデザインも分かっていませんでした。しかし、ちょうどそのころ、第7巻『ハリー・ポッターと死の秘宝』が出版されたのです。「最初はすごく急いで目を通した。本を読んで石のアイディアが変わった」（ストーリー）

蘇りの石が最後に登場するのは『ハリー・ポッターと死の秘宝2』です。ハリーが金のスニッチに唇を触れると、「私は終わるときに開く」とスニッチに書かれているとおりのことが起きたのです。金のスニッチには実際に装置が入っていて、それによって外側の球面とその内側の球面が同時に開き、その中から石が押し上げられます。その後、石はデジタル処理の石に切り替わって、空中に浮かびます。

結び

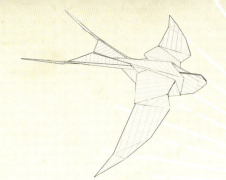

おなじみの数々の小道具は、映画シリーズが進むにつれて必要の部屋へと流れ着き、最終的には、すべてを保管できる5棟の大きな倉庫へとたどり着きました。映画シリーズの小道具主任バリー・ウィルキンソンは、長年作業に携わってきたアーティストや職人たちを称えてこう語っています。「水準は第1作からずっと変わっていない。どのセットも自信作。実に見事だ」

[左頁]高く積み上げられたさまざまな小道具を映し出すみぞの鏡。『ハリー・ポッターと死の秘宝2』の必要の部屋の制作参考写真。[上]パーバティ・パチルが闇の魔術に対する防衛術の教室で飛ばす折り紙のツバメのビジュアル開発アート。アダム・ブロックバンクが『ハリー・ポッターと不死鳥の騎士団』用に制作。[左]『ハリー・ポッターとアズカバンの囚人』でドラコがいたずら書きをしてから鶴を折った紙。これを書いたのは、コンセプトアーティストのダーモット・パワーの息子オーラン・パワー。[下]鳥かごのビジュアル開発アート。『ハリー・ポッターと謎のプリンス』で、ドラコ・マルフォイが「姿をくらますキャビネット棚」を試すのに使う鳥を、このかごに入れた。

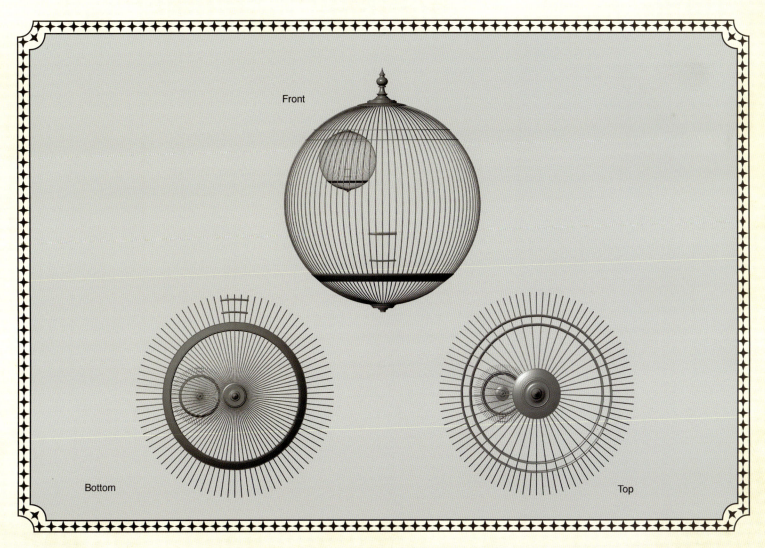

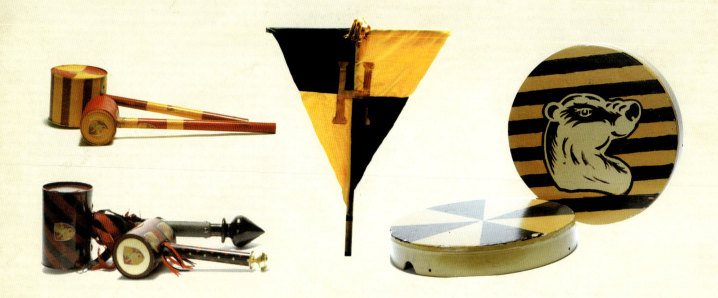

 Copyright © 2016 Warner Bros. Entertainment Inc. HARRY POTTER, characters, names and related indicia are TM and © Warner Bros. Entertainment Inc. Harry Potter Publishing Rights © JKR. WB SHIELD: TM & © Warner Bros. Entertainment Inc. (s16)

www.harrypotter.com

Harry Potter™, Ron Weasley™, Hermione Granger™, Neville Longbottom™, Ginny Weasley™, Draco Malfoy™, Professor Dumbledore™, Rubeus Hagrid™, Professor McGonagall™, Professor Snape™, Professor Lockhart™, Professor Umbridge™, Sirius Black™, Nymphadora Tonks™, Kingsley Shacklebolt™, Lord Voldemort™, Tom Riddle™ are trademarks of Warner Bros. Entertainment Inc.

All rights reserved. No part of this book may be used or reproduced in any manner whatsoever without written permission except in the case of brief quotations embodied in critical articles and reviews. For information address Harper Design, 195 Broadway, New York, NY, 10007.

HarperCollins books may be purchased for educational, business, or sales promotional use. For information please e-mail the Special Markets Department at SPsales@harpercollins.com.

First published in the United States and Canada in 2016 by:
Harper Design
An Imprint of HarperCollinsPublishers
Tel: (212) 207-7000
Fax: (855) 746-6023
harperdesign@harpercollins.com
www.hc.com

Distributed throughout the United States and Canada by
HaperCollinsPublishers
195 Broadway
New York, NY 10007

Produced by

INSIGHT EDITIONS
PO Box 3088
San Rafael, CA 94912
www.insighteditions.com

PUBLISHER: Raoul Goff
ART DIRECTOR: Chrissy Kwasnik
COVER DESIGN: Jon Glick
INTERIOR DESIGN: Jenelle Wagner
EXECUTIVE EDITOR: Vanessa Lopez
PROJECT EDITOR: Greg Solano
PRODUCTION EDITOR: Rachel Anderson
EDITORIAL ASSISTANT: Warren Buchanan
PRODUCTION MANAGER: Blake Mitchum
Junior Production Manager: Alix Nicholaeff
Production Coordinator: Leeana Diaz

ハリー・ポッター　魔法グッズ大図鑑

2016年8月9日　初版第1刷
2023年5月10日　第3刷

著者　ジョディ・レベンソン
日本語版監修　松岡佑子
翻訳　宮川未葉
発行人　松岡佑子
発行所　株式会社静山社
〒102-0073　東京都千代田区九段北1-15-15
電話　03-5210-7221
www.sayzansha.com
編集協力／榊原淳子
日本語版デザイン／冨島幸子

印刷・製本　図書印刷株式会社
ISBN 978-4-86389-515-7

本書の無断複写複製は、著作権法により禁止されております。また、私的使用以外のいかなる電子的複写複製も認められておりません。落丁・乱丁の場合はお取替えいたします。

[P. 2]　金のスニッチ。
[P. 5]　『最も強力な魔法薬』のポリジュース薬の作り方のページに描かれていたイラスト。『ハリー・ポッターと秘密の部屋』より。
[本頁]　『ハリー・ポッターと賢者の石』用に制作されたハッフルパフとグリフィンドールのファングッズ。